GOBOOKS
& SITAK
GROUP©

三日月書版

三日月書版

琉璃碎

三日月書版
BL015

墨竹——著

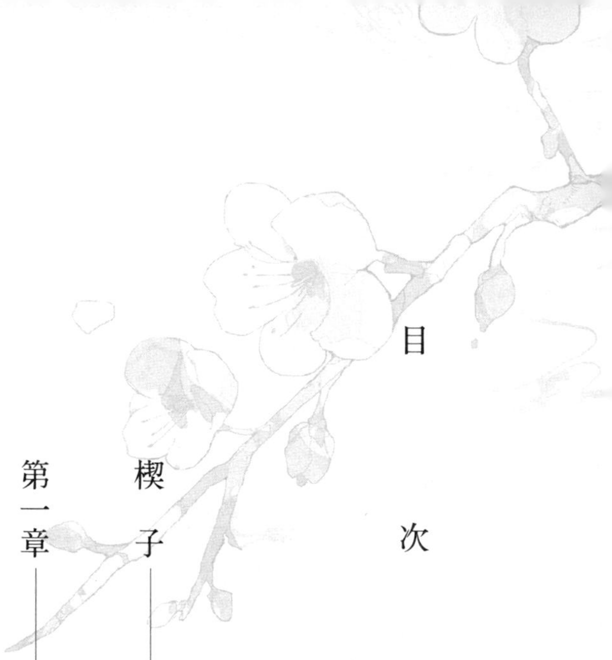

目次

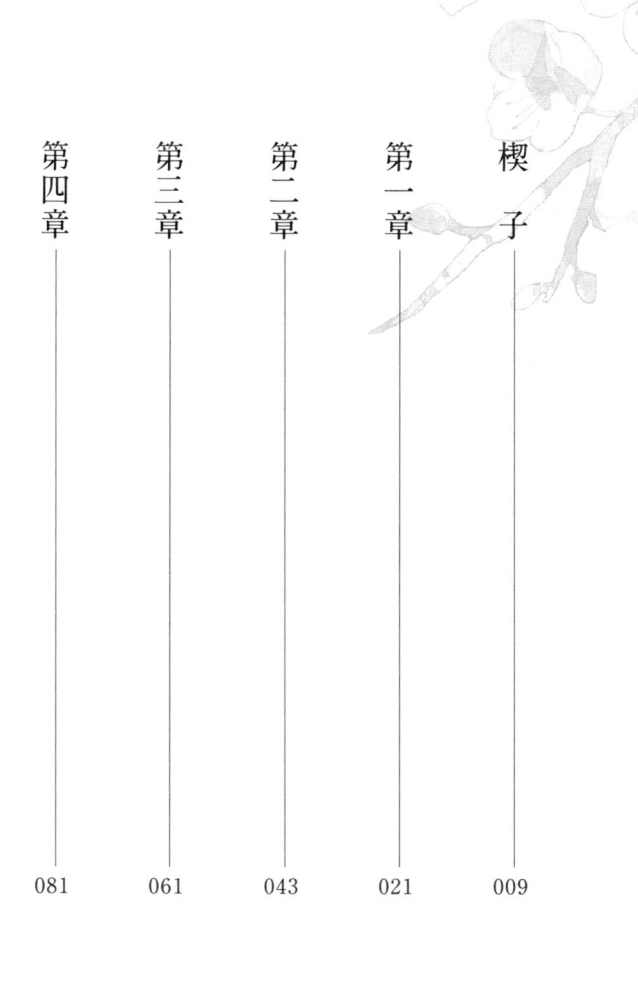

楔子

一行十多人在崎嶇的林間小路上行走著。

「莊管家。」簡單卻精美的軟轎上傳出了一個虛弱的聲音。

「少爺，怎麼了？」走在轎旁的莊管家連忙示意停轎。

轎子放了下來，莊管家立刻湊到了轎邊。

「咳咳咳咳……」轎裡的人準備說話，卻先咳了一陣。

「少爺，你沒什麼事吧！」莊管家緊張地問：「是不是不舒服了？可要服藥？」

「我沒事。」轎裡的人止住了咳嗽，問：「我們到哪裡了？」

「少爺，這裡是龍回頭，還要走兩個時辰才能出困龍谷。」莊管家忍不住嘆了口氣：「出了困龍谷還要翻過天城山，至少要走四、五個時辰才有人家。」

「看來天黑之前走不出去了。」轎裡的人又咳了幾聲：「算了，你去跟他們說，在前面找個地方生火休息，等明天天亮再繼續趕路。」

「少爺，都怪我不好！」莊管家苦著臉說：「都怪我自作主張去找那些混帳江湖人來當護衛，要不是他們強要兼程趕路，也不會讓少爺露宿野外。」

「這沒什麼，你去說吧。要是他們不願，就讓他們先行離開，我們在這裡過一夜再走。」骨節分明的手掌撩開了轎簾。

暮色裡，隱隱約約能看見前方巍峨高聳、有如天之城池的天城山。看著看著，那山就像要壓倒過來一樣。

他心中突然一悸，連忙找出藥含在舌下，又靠回了轎裡，喘了好一會的氣，心悸才平復了下來。

微微一皺眉，他突然有了一絲不祥的預感。

「救命啊！救命啊！」

黑暗的山野裡，尖利的呼救聲分外刺耳，圍在火堆旁的眾人紛紛被驚醒了過來。

「怎麼回事？」轎裡傳來了詢問聲。

「少爺，像是有女子呼救的聲音。」莊管家仔細聽了一下：「應該就在附近。」

「荒郊野外的，又是半夜，怎麼會有女子？」他想了想：「莊管家，你帶上幾個人過去看看，小心點。要是找不著就回來，別走太遠。」

隔了不一會，莊管家就回來了，還帶著一個哭哭啼啼的女子。

「少爺！」莊管家在轎邊說：「我們在前面不遠遇上了這個小娘子，那幾個江湖人正在調戲她，看見我們過去就跑了。」

「是嗎？」他透過轎簾看著那個低著頭、緊張地拉著自己前襟的女人，問道：「這位姑娘怎麼會獨自一人，半夜三更地在這種地方逗留？」

「奴家……奴家名叫翡翠，和老父在天城山山腳下相依為命，靠採藥為生，近日我父親腿腳受了傷，只能靠奴家去城裡用藥材換些銀兩。沒想到我路途不熟，繞了遠路。本想明日一早繼續趕路，沒想到遇到了……遇到了……」

說到這裡，像是悲從中來，用手掩住臉哭了起來。

這一哭倒是沒什麼，但她的衣襟已經被拉破了，一鬆手就露出了大半欺霜賽雪的前胸。一時間，在場的男人們咽著口水，眼睛都看直了。

「姑娘，妳……」他立刻側過臉，皺起了眉：「請莊重些！」

那叫翡翠的女子好像被嚇壞了，根本聽不見他在說什麼。

「姑娘！」他不得不揚高了聲音：「妳別哭了，快把衣服拉好！」

「啊！」翡翠這才意識到自己被人看光了，連忙拉好衣服，頭都要垂到地上去了。

「謝謝公子救命之恩。」看見轎裡再沒有什麼反應，翡翠只能硬著頭皮說：「還請公子好人做到底，讓奴家在這裡待到天亮，奴家實在是害怕再遇上那些強徒。」

他想了好一會，才說：「那好吧，明日一早，妳再離開。」

「多謝公子！公子你真是個好人！」翡翠破涕為笑，抬起了頭。

好一個美人！

布衣荊釵，絲毫削減不了那種天生麗質。就算是他，隔著竹簾被那雙秋水明眸一望，心也微微一蕩。

一時間，除了在燃燒的火堆發出劈里啪啦的聲音，四周安靜得連根針落到地上也能聽得見。

「翡翠姑娘。」他輕咳了一聲：「不用太客氣了。」

「公子的大恩大德，奴家一世不忘。」翡翠眨著她動人的眼睛，誠懇地說：「還請公子出來一見，奴家也好記得恩人的樣貌。」

「這……不必了。」

「公子是覺得奴家不配？」他還沒有說完，就被翡翠打斷了。

她哭得上氣不接下氣，一派楚楚可憐，立刻引起了在場眾人的同情。大家表面上不敢放肆，可是心裡都覺得自家主子太不近人情了。

「妳別哭了，若是要見，那就見上一見吧。」

說完，他動手捲起了轎簾，莊管家立刻上前扶他從轎中出來。

翡翠好奇地看著，等他完全從轎子裡出來了以後，眼睛裡掩飾不住地有些失望。

眼前之人與其說是人，倒更像是鬼。瘦得臉頰都凹了進去，一臉病容，連站也站不穩，像是風一吹就會被颳跑，一件藍色的袍子掛在身上，飄飄蕩蕩的。

他看見翡翠眼裡的失望，只是笑了笑。

翡翠還以為他是在朝自己獻殷勤，心裡覺得有些厭惡。

「在下傅雲蒼。」他拱了拱手。

翡翠連忙低頭回了一禮。

「多謝傅公子救了奴家！」

「姑娘不用放在心上，只是舉手之勞。」傅雲蒼掩起嘴咳了兩聲。

「啊！公子你沒事吧？」翡翠連忙靠了過來，居然想幫他順氣。

「我沒事。」傅雲蒼急忙退了一步，臉都有些紅了，也不知是因為咳得厲害，還是在害臊。

「公子……你身子不好嗎？」翡翠擔憂地說：「看起來很辛苦呢。」

「一直是這樣子，我也習慣了。」傅雲蒼客氣地回答：「有勞姑娘擔心，雲蒼愧不敢當。」

「公子……真是見外……」翡翠看著他的眼睛，整個人竟然軟綿綿地靠了過來。

「姑娘，妳這是做什麼！」傅雲蒼慌忙後退。

「公子救了奴家，奴家當然要以身相許了。」翡翠嬌笑著，雙手纏上了傅雲蒼的頸項。

「妳！」傅雲蒼無力把她拉開，急忙去看身邊的僕人，卻發現大家像是中了邪一樣，動也不動：「妳做了什麼？妳到底是什麼人！」

「人？」翡翠笑得越發張揚：「你們這些，才是蠢人！」

傅雲蒼想退回轎裡，卻被翡翠雙手纏住，動彈不得。

「我就是知道你的轎子貼了符咒，不好下手，所以才把你引出來的。」翡翠勾過他的臉龐：「你別想回去了。」

「妳是……妖！」傅雲蒼深吸了口氣，倒是鎮定了些。

「什麼妖？我們明明是仙啊！要不是憐憫你們這些凡夫俗子，我們怎屑與你們來往！」翡翠一把抓過他的下巴，臉上的笑容變得狠厲：「你有膽子得罪我，就別怪我對你不客氣！」

「原來妳和那個妖女是一伙的。」傅雲蒼面色一變，冷冷地看著她：「我破例放她一條生路，就知道是姑息養奸！」

被他的目光盯著，翡翠有一剎那的緊張。

她立刻暗暗罵了自己，不過就是個病歪歪的凡人，有什麼好怕的！

「傅雲蒼，你落到我的手裡，我定要叫你求生不得，求死不能！」翡翠心裡更加怨恨這人：「你等著吧！」

「很抱歉，我趕著回家去，沒時間和妳在這裡折騰。」傅雲蒼出乎意料地說了這麼一句。

「你……」

「妳知道妳哪裡做得不夠好嗎？」傅雲蒼一直沒有什麼神采的眼睛突然亮了起來：「那些江湖人的確是沒什麼腦子，不過說到鬥力，我這些僕人總不好和他們相比。這裡又不是光天化日的大街上，他們跑什麼啊！難道說他們調戲妳還覺得心虛了，所以見人就跑？」

翡翠臉色一變。

「太可惜了，原本我還想和妳多玩一會的。」傅雲蒼抬頭看了看天色：「就快天亮了，一早我們就要上路了。」

「好！我現在就殺了你，你好好上黃泉路吧！」翡翠被他氣急了，雙手朝他脖子扼去。

傅雲蒼把手一翻，七彩光芒從他手腕射出。

「啊——」翡翠捂住自己的頭臉，淒厲地尖叫起來。

傅雲蒼的手腕上用紅繩綁了一塊光華四射的琉璃，就是那琉璃發出了七彩的光芒。

漸漸地，隨著尖叫一聲低過一聲，翡翠軟倒在地，不住地翻滾著。

「求求你，求求你饒了我吧！我再也不敢了！」翡翠喉頭咯咯作響，全身冒出青煙：「求求你饒了我！念在我修行不易，不要殺我！」

「妖就是妖。」傅雲蒼搖了搖頭，無奈地說：「我本不想殺妳，是妳自找的。我現在要是饒了妳，只怕妳轉眼要來殺我，那可要糟了。」

「傅雲蒼！你等著！我要報仇！我要報仇！」翡翠知道哀求無用，一口咬破自己的舌尖，一口鮮血朝傅雲蒼噴了過去。

傅雲蒼連忙閃開，卻還是濺到了幾滴，一陣輕響，衣衫下襬被蝕穿了幾個小洞。

趁傅雲蒼躲避的時候，翡翠往地裡一鑽，霎時消失了蹤影。

傅雲蒼知道她命不長久，也不去追趕。

他的眼神暗淡下來，彎下腰猛烈地咳了一陣，像是要把五臟六腑都咳出來一樣。

咳完之後，他搖搖晃晃地走回轎子裡，靠在軟墊上，重重喘著氣，忍受著一陣陣的頭暈目眩。

「莊管家！」覺得好些以後，他輕聲地叫著。

「少爺！」轎外傳來莊管家的聲音，聽起來像是剛剛睡醒的樣子。

「天亮了嗎？」

「天亮了！少爺，剛才……」

「你是說那位姑娘嗎？她剛剛走了，你沒瞧見嗎？」他咳了一聲：「莊管家，兼程趕路實在累了吧，可是我還是想早些回去。」

「是是！我們要上路了！」莊管家如夢初醒地招呼起了僕人，把那些個模模糊糊的事情拋到了腦後。

突然聽到一片叫嚷聲。

「怎麼了？」

「少爺，是那些江湖人，去湖邊取水的人發現他們都死了！死得慘啊，像是被猛獸給襲擊了。」莊管家緊張地回話：「還好我們沒有和他們在一起！」

「是啊。」他揮揮手：「我們快點離開這裡。」

他感覺到轎子被抬了起來，往前走去，於是慢慢閉上了眼睛……

1

「山主！山主！」全身泥濘血汙的翡翠趴在光可鑒人的白玉地板上，淒厲地哭訴著：「您要為翡翠報仇！您一定要為翡翠報這個仇啊！」

坐在階上白玉座裡的男人終於放下了在手裡把玩的玉玲瓏。

「翡翠啊。」他平平和和地開了口，和地上氣急敗壞的翡翠形成了鮮明的對比：「我和妳說過多少次了，妳遲早會被自己的自以為是害死。不過八百年的道行，還要為人強出頭，落得這個下場能怪誰呢？」

「山主請看在我服侍了您多年的分上，求您為翡翠報這個仇，否則的話，翡翠死不瞑目！」翡翠用力地用頭撞著地板，原本就已血肉模糊的臉更加慘不忍睹。「求求山主！求求山主！」

「現在知道來求我了？」他揚了揚眉毛：「自作主張的時候是不是忘了來知會我一聲？」

「翡翠知錯了！山主，山主！」

「不過呢……」他緩緩吁了口氣：「雖然妳算是咎由自取，敢這麼明目張膽和我作對的人能不能放過，又是另一回事了。」

「山主！」他身邊的人想說些什麼，但被他舉手阻止了。

「我自有分寸。」他朝著地上的翡翠說：「妳安心去吧。」

「多謝山主成全！」說完這句，翡翠七竅流血，掙扎了兩下，就再也不動了。

「快拖下去！」他身邊的人高聲喊道：「不要讓她露出原形，汙了大殿！」

原本空蕩蕩的大殿立刻閃出了兩個黑色身影，一個把翡翠拖走，一個清洗地上的血跡。

他又拿起了玉玲瓏，放在手裡把玩。

「山主。」他身邊的人恭敬地問道：「山主難道真要為了一個不知尊卑的小妖……」

「什麼時候輪到你來教我怎麼做了？」

「請山主恕罪！」那人連忙跪到他的腳邊。

「傅雲蒼嗎？」他笑笑，把手裡的玉玲瓏拋上了半空。

玉玲瓏悄無聲息地落到白玉座上的時侯，大廳裡已經沒有半個人影。

長明燈同時熄滅，原本輝煌明亮的大殿陷入了一片黑暗。

惠州城，傳家。

「少爺回來了！少爺回來了！」負責通報的小廝一路喊了進去。

不一會，屋裡的眾人都趕到了大廳。

軟轎也直接被抬進了大廳。

「少爺！」轎子停下，莊管家撩起轎簾，在轎邊輕聲說著。

「嗯。」他應了一聲，半睜眼睛環視了一下。

「雲蒼！」

「少爺！」

被他看到的人都半是畏懼，半是緊張地向他問好。

「爹，大娘。」他邊咳邊說：「我回來了。」

「回來就好！」他父親的正妻李氏站前一步，笑著說：「這一趟出門辛苦你了，要不是實在沒有辦法……」

「爹，大娘，我累了。關於此行，等我休息一陣再向你們稟告吧。」說完，他點了點頭，莊管家放下轎簾，僕人們抬著他往後院去了。

「老爺！」李氏拉住一旁的傅老爺：「你看他……」

「妳敢說他就自己說去，我可不管！」傅老爺甩了脫她，快步地離開了大廳。

傅雲蒼靠在鋪滿軟墊的躺椅上，聞到了漸漸濃郁的藥味。

「少爺。」婢女捧著藥碗出現在門邊：「該服藥了。」

他接過藥碗，爽快地仰頭喝了下去。把碗遞了回去，異常苦澀的味道在他嘴裡翻騰著，他卻已經習慣了這種常人難以忍受的味道，絲毫不覺得難受。

婢女收了碗，急急忙忙退了出去。

他笑了笑，拿起手邊的書籍，翻到用檀香片夾著的那頁，慢慢地看了起來。陽光穿過窗櫺照射在他的身上，沒一會他就有了倦意，把書隨手放在身上，淺淺地睡去了。

恍惚裡，總覺得有人進了他的屋子。

他覺得有些奇怪，如非必要，這個家裡的人從來不會主動踏進他的院子。想睜開眼瞧上一瞧到底是誰，偏偏眼皮重得抬也抬不起來。

有個影子遮住了他身前的陽光。他甚至能夠感覺到那個人身上發出的淡淡熏香味道，可就是沒有辦法睜開眼睛。

是誰？

他用盡全身力氣，才勉強地把眼睛睜開了一條細縫。眼前一片深濃的綠色……就在這個時候，心上突然傳來一陣劇烈的疼痛。

他的眉因為疼痛緊皺到了一起，呼吸也急促起來。他本能地掙扎，一個翻身摔到了地上，因為抓著身旁矮桌的桌布，一拖之下，桌上的茶壺茶杯乒乒乓乓摔了一地。

模糊的視野裡，那抹綠色一閃而逝，暖和的陽光重新照到他的身上。迷迷糊糊地，像是聽見莊管家衝進房裡的腳步聲和叫人的聲音。漸漸地，屋裡嘈雜起來，他被移到了床上。

然後……意識飄遠……

這個時候，在傅家另一處小樓的屋頂上，站著一個衣袂飄搖的綠色身影。

那人看著傅雲蒼的屋子，看著他被一群慌亂的人們圍著，看著他面無血色地躺在床上，看著他的手捂著自己的心口，看著他流露出痛苦的表情……那人也用手捂住了自己的胸口，像是同樣感覺到了一種異樣的疼痛。

「奇怪……」他喃喃自語：「怎麼會……」

臘月十五，五行水日。宜祭祀，出行，會友。忌採納，動土，嫁娶。

臘月十五，傅雲蒼去城南的弘法寺會友。

弘法寺的主持言智大師，不但精於佛法，而且擅長琴棋書畫。傅雲蒼和言智大師是忘年之交，每當他身體好些，可以出行的時候，常常會到弘法寺找言智大師辯禪下棋。

最近的天氣不是很好，昨天開始下的大雪到了今早才停，所以雖有陽光，還是十分寒冷。傅雲蒼的精神卻特別好，早晨起床後，看見天地間滿眼的雪白，就興起了踏雪訪友的興致。

「你們在這裡等我，今天我自己走過去。」在離言智大師居住的禪院只有一小段路的地方，傅雲蒼讓轎子停了下來。

「可是少爺……」莊管家扶著他，為難地說：「還是讓我送您過去……」

「不用了，就這麼一段路，我自己可以。」他搖了搖頭：「你們去前殿休息好了，我要回去的時候自然會差人去叫。」

傅雲蒼雖然身子孱弱，但在人前素來有一種無形的威懾，從來沒有人敢違他的意願。揮退了僕人，他拉了拉身上的披肩，沿著清掃出來的小徑往方丈禪院走去。

他走得很慢，走兩步就停下來歇歇，走兩步就停下來歇歇。這樣慢慢地慢慢地，他走進了禪院前的那片梅林。臘月正是寒梅怒放時節，絲絲縷縷的香氣在梅林裡洋溢，在陽光下晶瑩的白雪，為這傲立枝頭的梅花更添了幾分豔色。

傅雲蒼停了下來，嘴角若有似無地掛上了一抹微笑。

「數萼初含雪，孤標畫本難。香中別有韻，清極不知寒。橫笛和愁聽，斜技倚病看。逆風如解意，容易莫摧殘。」

淡泊，溫柔，堅定。

在傅雲蒼一生之中，從來沒有僅僅憑一個聲音同時聯想到這麼多的詞語。

他微微一驚，往聲音來處看去。

白雪寒梅，還有梅林中的那人。

一道淡綠色的身影，宛如春日裡的第一抹新綠。

那人抬起了眼睛，看了過來。傅雲蒼心口忽然一窒，隱約像是心疾發作前的徵兆。他急忙靠到了路旁的梅樹上，被他一撞，積在樹上的雪和著梅花紛紛揚揚地落了下來。

梅花雪裡，一雙有力的手扶住了他向下滑落的身子。

傅雲蒼抬起了頭，看進了一雙奇特的眼睛，烏黑中帶著一絲暗沉的綠，閃動著難以描述的光芒……

那人為他撣了撣落到肩上和髮上的雪，用淡然溫和的聲音問他：「這位公子可是身子不適？」

傅雲蒼深吸了口氣，覺得心上那種滯鬱不暢的感覺似乎消失了，急忙搖搖頭，站直了身子。

那人放開他，雙手負到身後。傅雲蒼自幼僻居，也不喜多言，轉身就想離開。

「公子可覺得這梅花長於苦寒，長伴白雪，香氣淡雅高潔，品性正如世間少有的君子。」在他身後，那人仰首看著枝椏間點點寒梅，像是有感而發，卻是對著他說的：「愛梅者眾，卻少有人懂它心中立意。就如真正品性高潔的人，看在世俗人的眼中，難得欣賞一樣。」

傅雲蒼停下了腳步，回頭看去。那人伸手在枝頭折下了一枝帶雪的梅花。「我一見公子，覺得公子就像是這雪中寒梅，讓人感覺高雅潔淨，心生仰慕。」那人朝他微微一笑，把手中的梅枝遞給了他：「我能和公子相逢於此，必定是有前世的宿緣。今日折梅相贈，望他日還能有緣相遇。」

傅雲蒼不由伸手接了過來。淡淡暗香縈繞鼻翼，竟比記憶中的梅香多添了一絲清冽。再抬頭時，只看見那個淺綠色的背影已漸行漸遠。

直至那人背影消失，傅雲蒼覺得手腕一熱，連忙抬起手看了。原本七彩的琉璃失了其他色澤，瑩瑩泛著碧綠……

正月十五，五行土日。宜捕捉，移徙。忌出行，祈福。

正月十五，元宵佳節。

傅雲蒼獨自一人靠窗坐著，耳邊隱隱傳來前院的絲竹笙歌和院牆外行人的輕聲笑語。抬頭看去，天上月色蒼茫，和這喧囂塵世有著格格不入的清冷。

何時在天攬明月，翔於天宇上九霄。

有時會覺得，那種駕雲乘風的感覺，像是曾經有過……這念頭一起，傅雲蒼自己都笑了。

還說什麼上天攬月，暢遊天地？這個連走兩步都氣急的破敗身子……

「少爺！」莊管家一板一眼的聲音在門外傳了進來。

「什麼事？」傅雲蒼關上了窗戶。

「老爺差人來請少爺過去前廳，說是請到了京城來的名醫為少爺看診。」

「就說我已睡下了。」傅雲蒼隨口答道。

「可是老爺堅持……」莊管家的聲音裡帶著為難，想必是被勒令要請到人。

「那好吧。」傅雲蒼雖然覺得無趣，卻又不能太駁自己父親的面子：「你先去回稟老爺，說我過會就到。」

莊管家立刻讓身後的丫鬟們進來幫他穿衣整理，自己回前廳去了。

過了一會，傅雲蒼披了一件狐裘，抱著手爐，一個人慢慢地沿著迴廊往前院去。還沒有走到宴廳，就聽見了嘈雜的聲音，他嘆了口氣，耐著性子走了進去。

傅雲蒼一走進，宴廳立刻安靜了下來。他大略環視席間那些人一眼，果不出所料，都是他父親的酒肉朋友。

宴廳裡的人都不由自主地閃避著他的視線。

偌大的惠州城裡，有幾個人不知道傅雲蒼這號人物？不是因為他家九代單傳，也不是因為他家富可敵國，而是因為他這個人本身透著一股邪氣。

關於傅雲蒼的傳言千奇百怪，不過脫不了一個主旨。

傅雲蒼能役使妖邪！

先是說他能驅鬼除妖，然後漸漸地，在口耳相傳中，傅雲蒼幾乎和這個惠州城裡所有無法解釋的事情都扯上了關係，更有人說見過他夜半時常常獨自一人在城外墳場野地留連。

久而久之，各種捕風捉影的傳言，傳得繪聲繪色，像是人人親眼目睹一樣。

加上傅雲蒼出生時不足七個月，他的生母足足痛了三天三夜也生不下來，直到出血而死。一夜以後，才有一位路過義莊的遊醫試著剖開死者的肚腹，把他救了出來。

至今還有人記得他出世那個早晨，先是滿天七彩雲霞，然後不一會整個惠州城突然烏雲遮天。那時明明是旱季，卻連著下了一個月的大雨。

再說他生來患有嚴重的心疾，都說他活不過十五歲，可他今年已經快二十了，雖然身體孱弱，卻還是活得好好的。

照當地的說法，這樣的人多半是出生時就被妖魔附體了。要不是礙於傅家是惠州城的第一大戶，城裡大部分人的生計多多少少和傅家有關，何況也沒有什麼實證說這傅家少爺是妖魔化身，這些傳言又何止是在私下裡流傳？

傅雲蒼礙於體弱不常出門，見過他的人不是很多。現在眾人一看，他果然是臉色蒼白，重病纏身，三分像人，倒有七分像鬼的樣子，對傳言又信了幾分，不由得紛紛露出了畏懼的神情。

傅雲蒼不喜歡被人盯著瞧，心裡暗暗不快，但還是目不斜視地走了進去，朝席上的傅老爺行禮問好。

傅老爺連忙讓他坐到自己身邊，一付熱絡關懷的樣子問東問西。傅雲蒼看似恭恭敬敬地答了，其實是在心不在焉地附和敷衍。

「雲蒼，我今日請了一位剛從京城移居過來的名醫赴宴，讓他為你診治。」傅老爺話鋒一轉，說到了正題：「這位名醫雖然醫術高超，可是脾氣怪得很。我派人在他門前求了一天一夜，他直到片刻之前才答應來為你看病，這個時候正在路上。」

「有勞父親費心了。」他低下頭說著，心裡卻開始疑惑起來。

有什麼理由要他在大庭廣眾之下讓人看病？

眼角看見那些席上的人們大多竊竊私語，露出看好戲的表情來，傅雲蒼心裡的疑惑更是加深了很多。

這時，有人遠遠從門外走了過來。傅雲蒼微微瞇起了眼睛，看著那個由遠而近漸漸分明的身影。就在那人踏進宴廳的第一步，大廳最細碎輕微的聲音也突然之間完全地消失了。

這個人不就是當日在弘法寺裡……

相較於其他人的目瞪口呆，傅雲蒼雖然有片刻的驚愕，但很快地平復了下來。

直到那人走到了大廳中央，席上的眾人還是沒能回過神來。

那人倒像是習慣了這種場面，只是負手站著，任人打量。

傅雲蒼聽見身邊的父親在嘴裡說著什麼「如此人物」之類，於是也抬起眼仔細打量這個男人。

有什麼特別的嗎？不也是眼耳口鼻，四肢齊全？不過……這人的眼睛真的和別人不太一樣，烏黑暗碧，說不清到底是什麼顏色。

在書上看過，也許這人有異域血統，所以眸色和常人有些微差異。

又等了一刻鐘，傅雲蒼終於忍不住輕咳了幾聲。

一臉呆滯的傅老爺終於回過神來，慌亂地站了起來，侷促地問：「請問貴客是……」

「在下解青鱗，應傅老爺的邀約過府看診。」那人傲然站著，輕薄的綠色衣衫隨著屋外吹來的冷風飛揚擺動。

傅雲蒼敏銳地捕捉到了空氣裡傳來的清冽香氣，那是……帶著冰雪氣味的梅香。

「啊！你就是解大夫？」傅老爺和其他人一樣一臉詫異，沒有想到這個「名醫」非但不是耄耋老兒，而且這麼地……年輕俊美，飄逸如仙！

那解青鱗這時轉過了視線，和傅雲蒼的目光撞作了一團。

「是你！」解青鱗驚訝地輕喊了一聲。

感覺到眾人的視線又一次集中到了自己身上，傅雲蒼皺了皺眉，勉強朝他點點頭。

「沒想到我們這麼快就再見面了，果真是有緣。」解青鱗微一沉吟：「難道說，這次請我來就是為你……」

「怎麼？解大夫和小兒相識？」傅老爺愕然地看著自己的兒子，想不通平日裡深居簡出的傅雲蒼，怎麼會認識這個前不久才來到惠州城的大夫。

「我上月去弘法寺賞梅時，和公子見過一面，當時就覺得有緣。」解青鱗搶在傅雲蒼開口之前回答說：「這兩日還在後悔當初忘記互通姓名，沒想到居然是傅老爺的公子。」

看他一臉驚喜，傅雲蒼有些不習慣地咳了兩聲，沒有回話。不明白為什麼就是偶遇了一回，這人怎麼會這麼高興，好像和自己很熟的樣子？

「是嗎？雲蒼他平日裡不常出門，能和解大夫遇上可真算是有緣了！」傅老爺知道自己兒子不喜歡搭理人的性子，急忙接過了話尾：「啊！小兒名叫雲蒼，是雲海蒼茫的雲蒼二字。」

「雲蒼，傅雲蒼，真是好名字！」解青鱗閃亮的眼睛盯著他：「我叫做青鱗，解青鱗。」

「解大夫。」傅雲蒼虛應故事地拱了拱手：「幸會。」

「這次請大夫來，原就是想請大夫來為小兒看診。」傅老爺把他請進席間，坐到傅雲蒼身邊：「小兒深為頑疾所苦，希望解大夫妙手回春，我們傅家上下必定對大夫感恩戴德。」

「你……不舒服嗎？」解青鱗問眼前正掩嘴輕咳的傅雲蒼。

這話一出，四下譁然。

傅雲蒼也停下了咳嗽，訝異地看著他。這個人是不是大夫……怎麼會這麼問的……

「解大夫，不是說你醫術超群嗎？怎麼會問這種無知的問題啊？」這時，另一席上，有人大聲地問，那裡還傳出了一陣哄笑。

解青鱗似乎也感覺到了自己的失態，急忙伸出了手。

傅雲蒼看了看他，才捲起自己的袖子，把手腕放到了他的掌心。

解青鱗兩指搭上了傅雲蒼的脈門。他為傅雲蒼診斷脈象，臉上的表情複雜起來。過了好一會，他才放開了手，緊皺的眉頭卻沒有一起放開。

「怎麼了？解大夫，你可是沒有把握治好傅公子？」這時，那面席座裡又傳來了嘲諷聲：「還說什麼除了秉性，世上沒有什麼病是你治不好的！你現在還有什麼話說？」

傅雲蒼看了過去，認出了那是縣丞的獨子，又看到父親避著自己的目光，心裡明白了幾分。

聽說前陣子這位縣丞大人的公子得了不為人知的惡疾，城裡的大夫束手無策，多虧了一位神醫把他救活，可那人也藉著治病好好地戲耍了一下這個驕橫子弟。

他們是想藉著自己這天生無救的心疾，折辱一下這個解青鱗吧！原來，是這個意思啊！

傅雲蒼忽然之間站了起來，解青鱗抬頭看他。

「不勞煩大夫費心了，我這病是天生缺憾，本就無藥可醫。大夫不用為此多花無用的心思。」說完，他微微一笑，朝解青鱗行了個禮。

解青鱗一愣。

這傅雲蒼……

那邊席上正要起哄，傅雲蒼一眼掃過，每個人都覺得他森然的目光在盯著自己，一時寒毛凜凜，立刻沒了聲音。

「解大夫，你回去吧！元宵佳節，不要在這裡白費了時間。」

「雲蒼。」傅老爺訕訕地說：「我只是想讓……」

「我明白父親的意思。」傅雲蒼打斷了自己的父親：「只是我以為有些無關緊要的事情倒不如不做，這個道理父親應是比我懂得的。」

傅老爺被他這麼不軟不硬地一頂，也不好再說什麼。

「傅公子，請等一下！」在傅雲蒼轉身要走的時候，解青鱗突然出聲喊他。

傅雲蒼轉過頭，看見那個叫解青鱗的大夫正朝自己微笑著。

「其實，公子的病雖然可能無法根治，不過，只要調養得宜，身子縱然要比常人稍差些，但和現在相比，還是能好上不少。」看見他露出一絲驚訝，解青鱗補充說：「雖然說不上能起死回生，但論醫術，這天下間能和我相提並論的少之又少，傅公子盡可以相信我說的話。」

「這可是真的？」一旁的傅老爺面露喜色：「解大夫真的願意為雲蒼治病？」

「我想試試。」解青鱗的目光一直看著始終淡然的傅雲蒼：「我和傅公子一見如故，非常想為他做些事情。」

傅雲蒼看著他的眼睛。

這個人的目光……清澈坦然，不見一絲偽善。是真的嗎？這世上真的有這麼坦蕩真誠的人嗎？

「也好。」傅雲蒼轉眼間做了決定：「那就多勞大夫費神了。」

2

元宵夜宴第二天，解青鱗應著邀約搬進了傅家。可人是搬進來了，卻不見他過來給傅雲蒼把脈開藥，一連數日，只是大早就往外跑，黃昏才回來。傅雲蒼由著他去，也不著急。

這樣過了半個月，轉眼快要開春了。這一天，解青鱗終於來找傅雲蒼。

那時正是清早，傅雲蒼氣血不足，清晨時常昏昏沉沉的。雖然起了床，可人還不是那麼清醒，他本想開窗透透氣，卻靠在窗框上又睡了過去。

解青鱗遠遠就見傅雲蒼隨意地披著外袍，頭髮也沒有束好，用手撐著下顎在窗邊打瞌睡。

走到近前，本想喊醒他，卻想到了他不宜受到驚嚇，於是解下了身上的披肩，用力一抖，輕盈地披到了傅雲蒼瘦削的肩頭。收回手的時候，不由自主地為他撩開了落到臉上的髮絲。

那張沉睡的臉意外地帶著一絲稚氣，解青鱗第一次意識到眼前不過是一個不滿二十的青年。

想起第一眼見到他時的模樣，他在雪地裡望著寒梅的那種眼神，一點也不像是二十歲的人應有的眼神。

淡然到……就像是世間沒有任何事值得留戀……

雖然說這種需要心緒平靜的疾病也許是他性格淡漠的原因，可是這個人的身上總似有些不同的東西……

解青鱗的目光下移，落到了他的手腕上。

七彩的琉璃映著陽光閃爍生輝。越看，那琉璃的顏色越發深邃美麗，解青鱗忍不住伸出了手……

就在指尖碰到琉璃表面的同時，琉璃突然綠芒大盛，他胸口猛地一痛。

沉睡的傅雲蒼這個時候動了動睫毛，慢慢地張開了眼睛。

「是你……」傅雲蒼迷濛的目光看著他：「你終於來了……還給我……」

解青鱗一驚，後退了一步。光芒在他的手指離開琉璃的瞬間完全消失。傅雲蒼眨了眨眼睛，迷濛逐漸被清醒替代。

「解大夫？」傅雲蒼疑惑地看著臉色有點不太一樣的解青鱗：「你怎麼來了？」

「你說了什麼？」解青鱗驚疑不定地問他。

「我說了什麼？」傅雲蒼不明所以地重複著：「我是問你怎麼來了？」

「你醒過來的時候對我說……」

「醒過來？我是不是說了什麼奇怪的話？」傅雲蒼突然有些尷尬地說：「真是抱歉，我清早起床總是迷迷糊糊的，有時會說些奇怪的話，你不要在意。」

「不，其實也沒什麼。」解青鱗感覺到急速的心跳開始平穩下來，於是扯起了笑容：「是我來得太早，打擾公子休息了。」

「沒關係，我已經醒了。」傅雲蒼把長髮攏到一邊，垂放在胸前。這才注意到身上多了件披肩，有些詫異。

「這是……」他把那淺色的披肩拿了下來。

「我見你睡得熟，怕你受了涼。」解青鱗把披肩接了過來。

「多謝。」傅雲蒼看了他一眼，站了起來：「請進來吧！」

「不了，其實我這麼早過來，是想請傅公子和我一起去一個地方。」解青鱗含笑看著他。

「好。」傅雲蒼想也沒想，對他說：「你等我一下。」

解青鱗嘴角始終掛著的微笑，在傅雲蒼轉身離開窗戶的時候隱去，換上了一臉的深思。

那塊琉璃……

解青鱗沒有讓其他人跟著，而是親自駕車帶著傅雲蒼出行。馬車走了差不多兩個時辰，才到了他所說的那個地方。

一路上傅雲蒼也曾往車外看過，環境越來越荒涼，明顯是出了城外。

車停下來以後，車簾掀開，解青鱗的臉出現在門邊。

「我們到了。」解青鱗把手伸過來。

傅雲蒼藉著他的扶持，彎腰出了車門。一抬頭，他就愣住了。

滿目白梅。

不知從何處來的風，捲帶起清洌梅香，在天地間輕揚四散。傅雲蒼就這樣站在車上，環視著四周層層疊疊、望不到盡頭的梅林，覺得有如置身夢中。

「很美，是嗎？」解青鱗瞭解地看著他一臉恍惚：「要是下了雪，這裡的景致才是最美。」

「這裡……」惠州城附近，怎麼會有這麼一大片的梅林？「是什麼地方？」

「你跟我來。」解青鱗把他扶下了馬車，帶著他往梅林深處走去。

走了一小會，眼前慢慢開闊起來。

沿著青石小路走過去，稀疏枝幹後天青朗朗，竟是走到了一片懸崖。崖邊有一株看來年齡不小的梅樹，枝椏縱橫，正是開得滿枝燦爛白梅。梅樹邊有間小屋，粉牆烏瓦，和梅樹相映成趣。

崖邊圍著青石圍欄，解青鱗拉著他來到欄邊，指著南面叫他看。在連綿的密林後，隱約有著連綿樓宇的輪廓。

「這裡是棲鳳山？」大致想了想方位，傅雲蒼驚訝地說。

「不錯，棲鳳山，白梅嶺。」

傅雲蒼低頭看了看腳下，峭壁下只見暗影重重，深不見底。看得頭有些暈，他不由得拉住了身邊解青鱗的衣袖。

「你沒事吧？」解青鱗急忙把他扶到了一旁的石椅上坐下。

「沒事。」傅雲蒼放開了手，環顧四周。

就在這時，一個聲音在他們身後傳來。

「解大夫，你們來了啊！」

傅雲蒼回過頭看去。

梅花？不！是個女子，一個宛如白梅化身的女子！入目都是白色，全身上下一片雪白，鬢邊還簪著梅花樣式的白玉髮飾，連膚色似乎也比尋常人要白上幾分。

等她走近，陣陣淡雅的梅香也一同濃郁了起來。

「疏影。」解青鱗朝那女子說：「妳出去了嗎？」

「知道有貴客要來，我當然得去備些茶點招待。」那女子朝傅雲蒼行了個禮：「這位就是傅公子吧！小女子梅疏影，就住在這白梅嶺上。」

「在下正是傅雲蒼。」傅雲蒼連忙站起來回禮：「梅小姐有禮了。」

「原本聽解大夫說傅公子是個高潔出眾、世間少有的人物，我本來還是不太相信的。」梅疏影抬頭看了看他，目光中隱隱可見好奇：「可現在見了，才知道解大夫為什麼要這麼說了。」

本來只覺得這個落落大方的女子看在眼裡很是舒服，現在被她這麼一說，傅雲蒼的臉頰不知為什麼有些泛紅。

他一臉紅，梅疏影用袖子掩住嘴角偷笑起來，想著這傅公子真是個可愛單純的人呢……

三人在石桌旁坐了下來。

梅疏影從提著的藤籃裡取出了糕點，又從屋裡沏來了茶，三個人就這麼在崖邊喝茶談天。不過多是解青鱗和梅疏影在說，傅雲蒼只是喝著梅花泡的茶，在旁聽著，遇到詢問，也只是點頭或者簡短地答話。

「傅公子，你手上的飾物真是別致呢！」已經看了好一會的梅疏影好奇地問：「不但顏色特別，樣式更是少見，可是有什麼寓意？」

「妳說這個？」傅雲蒼抬起了手腕，露出了腕上的琉璃。

光芒耀眼，梅疏影點了點頭，忍不住用袖子擋住了射進眼裡的光線。

「具體是什麼來歷我也不知道，只是我十歲那年病重不治，有位異人飄然而至，把這塊琉璃繫在我的手上，吩咐我不能取下。我不久就轉危為安，此後一直戴著這琉璃。」傅雲蒼撫摸著光滑的琉璃表面：「說是護身保命的吉祥事物也不為過。」

「異人？什麼樣的異人啊？」梅疏影為他添了點茶，追問著。

「我那時病得厲害，也說不太清，只是依稀記得那人……很冷……」

「很冷？他看上去很冷嗎？為什麼不多穿些衣服？」梅疏影驚訝地說。

「不是。」傅雲蒼輕聲笑了出來：「我的意思是，那個人一身白色紗衣，神情冰冷，就像是用寒冰雕琢而出的人形。他站在那裡看了我一天一夜，從頭至尾只說了『要命的話就別取下來』這幾個字。」

那幾個字他模仿那人用冷冰冰的聲音說出來，雖然不可能十分相像，但依稀可見那人神色之冷厲。

一旁聆聽的解青鱗臉色微微一變，梅疏影看見了，立刻轉開了話題。

「對了，疏影，我放在妳這裡的東西呢？」不一會，解青鱗朝梅疏影問道：「妳不是偷偷吃掉了吧！」

「怎麼會呢！」梅疏影從袖子裡取出一個白玉小盒，笑著說：「不過，真是香極了，害我饞得半死，你要是不問我討去，遲早被我吃了。」

解青鱗把那玉盒拿在手裡，小心地打開了。傅雲蒼聞到了那種動人的香氣，也忍不住心中一動。

解青鱗竟把盒子推到了傅雲蒼的面前，對他說：「吃了它吧！」

盒子裡是一顆指頭大小的雪白藥丸。

「這是？」傅雲蒼不解地看著解青鱗。

「這藥叫做金風玉露，是解大夫多年的心血。」梅疏影搶著說：「好不容易才煉製成功，解大夫想也不想地要給公子服用，可見是很看重公子啊！」

「多年心血？」傅雲蒼愣愣地看著那晶瑩剔透的藥丸，然後搖頭：「不行，我不能吃。」

「為什麼？」解青鱗和梅疏影一樣一臉訝異：「公子可是對藥效懷有疑慮？」

「不是為了這個。看解大夫珍而重之的模樣，定然是極為看重這藥的。」傅雲蒼把盒子推回他的面前：「我這病注在骨中，不必浪費這麼珍貴的藥物了。」

他說這番話的時候神態平和，絲毫沒有虛偽假意，一看就知道是真心這麼想的。

梅疏影目光閃了一閃，想要開口說些什麼，卻被解青鱗含笑看了一眼，只能跟著笑了。

「傅公子不要誤會，是疏影她讓你會錯意了。這藥方固然花了我不少心血，不過煉製起來倒不是那麼困難。」解青鱗把藥丸從盒子裡取出來，托在掌心遞給了傅雲蒼：「還有，我是醫者，只知道治病救人，沒有想過要分什麼重不重要、可不可救的。」

傅雲蒼看進了他那雙坦蕩堅定的眼裡，突然覺得有些歉疚。

剛才……怎麼會突然覺得懷疑……自己不過就是這麼一個病弱身軀，這樣處處提防著，不是很好笑嗎？

「那就多謝了。」傅雲蒼拿過藥丸，和著茶水服了下去。

入口一片芳香，服下不一會，一陣暈眩過去，立刻覺得身子輕盈了不少，傅雲蒼不由得站起來走了幾步。

「這……」他驚喜地多走了幾步，發現步履之間慣有的那種沉重居然減少了許多。

「果然有效。」解青鱗點了點頭，一臉滿意的表情。

「怎麼會這樣的？」傅雲蒼一時忘形，拉著解青鱗的袖子問：「你是怎麼做到的？」

他那狂喜的樣子讓解青鱗有一刻失神。

傅雲蒼只顧著自己變得輕盈的步履，隨手又放開了他。

不過畢竟改善有限，不一會，傅雲蒼就撐在石桌上微微喘氣，但臉上的喜悅絲毫不減。

「解大夫真是醫術如神！」他轉過頭朝著解青鱗露出感激的笑容。

心頭又是一陣急跳，解青鱗的手放上了自己的心口……

那天過後，傅雲蒼每隔半個月就服用一顆解青鱗煉製的「金風玉露」，身體的情況果然一天好過一天。到這個春天結束的時候，傅雲蒼已經可以不用他人攙扶，一個人慢慢地徒步從山下走上白梅嶺了。

就算他再怎麼淡然，這種健康的轉變還是讓他克制不住地欣喜。

這個身體終於可以不再依靠他人了……如果有一天，能夠靠自己的雙腳走遍天下，幾乎就和遨遊天際是一樣的了……

「你在想什麼？」坐在他身邊的解青鱗放下手裡的醫書，看著他臉上似笑非笑的表情：「在想什麼人嗎？」

「啊！我是在想……」想起自己那常人看來可能幼稚的願望，傅雲蒼不太好意思說出口，隨口找了個理由：「我是在想疏影，不知道她今天準備了什麼招待我們？」

他們這時正坐在馬車裡，往棲鳳山拜訪梅疏影。

這些日子以來，傅雲蒼已經不知不覺把這兩人看作了自己的好友。他和解青鱗常常清晨就往白梅嶺去，三人撫琴，吟詩，煮酒，暢論天下，到黃昏日落時才告別離開。

「疏影？」解青鱗若有所思地說：「她倒真是個值得想念的女子……」

「什麼？」傅雲蒼聽不太明白：「什麼叫值得想念？」

解青鱗笑而不答，還伸手拍了拍他的肩，傅雲蒼更是覺得莫明其妙起來。

「她長得極美。」看見他眼裡不依不饒的固執，已經大致摸清了他性格的解青鱗只能嘆著氣說：「所謂有佳人兮，得君子慕……」

「美？是嗎？」傅雲蒼想了想：「你這麼說了，疏影好像是極美的……」

「什麼好像？」輪到解青鱗迷惑了：「你不覺得她很美嗎？」

「她真的……很美嗎？」傅雲蒼遲疑地問。

「這麼問……難道在你心裡，一直覺得疏影不美？」解青鱗吃驚又好笑地說：「要是你真這麼認為，在我面前說說也就罷了，可千萬不要在她面前提起。女人家對自己容貌計較得很，不怨你有眼無珠才怪。」

「不，我不是這個意思。」傅雲蒼急忙為自己辯解：「我沒有覺得疏影不美，只是疏影就是疏影，她是個極好的女子，不論性子或者心地，才華學識更是少有。至於容貌，其實每個人都不太相同吧！這個美與不美，我倒真是一向不怎麼在意，也不知道怎麼區分……」

「你的意思是，你覺得天下人都差不多？」解青鱗覺得有趣：「難不成在你眼裡，我長得和莊管家也差不了多少？」

他這麼問了，傅雲蒼就仔仔細細打量了他一下。

「也不是，當然有些不同的……你看起來比莊管家年輕不少！」他認真地比較著：「還有，莊管家眼睛的顏色和你大不一樣，鼻子稍矮些，眉髮沒有這麼黑，膚色也不盡相同……對了！他要比你矮上許多。」

解青鱗一時無言。

要知道，他雖然不喜炫耀，但心裡明白自己的容貌縱然算不上舉世無雙，也絕對少有能相提並論的。可是在傅雲蒼嘴裡，他和那個又老又瘦小平凡的莊管家不過就是長得「有些不同」而已。

他忍不住摸了摸自己的臉，心裡有種古怪的感覺。

傅雲蒼果然跟別人不大一樣……

「那我和疏影比較起來呢？」等這句話問出口，連解青鱗也覺得自己問得有點奇怪。

「你和疏影？」傅雲蒼被他奇怪的問題弄糊塗了：「這個……疏影是女子，你是男子，怎麼拿來比較呢？」

「在你眼裡，是疏影看來比較舒服，還是我呢？」

「舒服？」傅雲蒼好好地想了想，老實地回答了他：「疏影！」

「嗯。」解青鱗冷淡地頷首，然後重新拿起了醫書。

被他突然變化的態度搞混的傅雲蒼抬了抬眉，也轉頭繼續看著車外的景色。

青鱗和疏影看起來誰比較舒服?當然是疏影了!因為每次看青鱗看久了，心口就不舒服得很啊!

3

已是夏初，白梅嶺上的梅花當然都凋謝了。遠遠就能透過枝椏看見疏影在崖邊的小屋，傅雲蒼忍不住加快了腳步。在他身後的解青鱗看他一臉微笑，露出了深思的表情。

「疏影！」看見坐在屋外刺繡的疏影，傅雲蒼遠遠招呼著。

梅疏影放下手裡的針線，站了起來。

「解大夫，雲蒼，你們來啦。」疏影笑吟吟地迎上前來。

傅雲蒼看著眼前的疏影，突然想到了解青鱗剛才在路上問的那句：「在你眼裡，是疏影看來比較舒服，還是我呢？」臉上不知怎麼有些發熱……

「臉怎麼這麼紅？不舒服嗎？」看見傅雲蒼臉頰有些泛紅，梅疏影關心地問，然後不由自主地看向站在他身後的解青鱗。

這一看，她臉色一白。

解青鱗也正看著她，雖然嘴角帶笑，可一雙深邃眼睛裡半絲笑意也沒有。

「我沒事，倒是妳……」看她臉色突然蒼白，傅雲蒼問她：「妳怎麼了？」

「我沒事，我沒事！」梅疏影低下了頭，有些慌亂地回答。

「妳真的沒事嗎？」傅雲蒼不放心地說：「青鱗，你還是幫她看看吧！」

「好。」解青鱗伸出了手：「疏影，把手給我。」

梅疏影猶豫片刻，還是伸出了自己的手。

看她的手有些發抖，伸了半天也沒伸到解青鱗跟前，擔心的傅雲蒼握住了她的手，放到了解青鱗的掌心。

「她沒事吧？」看梅疏影不住打顫，傅雲蒼皺著眉問：「是不是哪裡不對？」

「沒什麼。」解青鱗終於拿開了放在她腕上的手指，放開了她：「可能是一個人在這裡住著覺得有些寂寞了，心裡鬱積了些悶氣，偶爾心慌，無妨的。」

「也對。」看梅疏影呼了口氣，傅雲蒼也不再擔心：「妳一個人住在這裡是逍遙自在，不過，實在寂寞了些。」

「不會！」梅疏影抬起頭，臉上恢復了平常的笑容：「也許是昨天夜裡貪涼，受了些風寒，你們就不用為我操心了。」

「是啊！」解青鱗半真半假地開著玩笑，調侃著她：「疏影這樣貌若天仙的女子，還是住在這遠離俗世的地方較好，要是在塵世間現身，可是要引起混亂的人物啊！」

傅雲蒼聽不太明白，又不太好意思問，只能跟著笑笑。

疏影低頭陪笑，心裡卻被這一句攪得七上八下的。

傅雲蒼站在石桌邊，提筆繪著景物。

疏影正遠遠坐在一株梅樹下，低頭沉思著。傅雲蒼拿著筆看了她許久，然後在快要完成的畫稿上加了幾筆。

「畫得真好。」解青鱗不知道什麼時候站在了他的身邊，突然開口嚇了他一跳。

「是你？」傅雲蒼擱下筆，意外地問：「你不是去山泉幫疏影取澆樹的水了嗎？這麼快就回來了？」

「我忘了帶器具。」解青鱗的目光還是盯著桌上的畫。

「我是覺得都是景物缺乏生氣，所以把疏影添了進去。」看他目不轉睛地看著，傅雲蒼忍不住問：「可是哪裡畫得不好？」

「不是，畫得太好了。」解青鱗收回了目光：「對了，你幫疏影去取泉水可好？」

「當然可以。」傅雲蒼接過他遞來的小桶，往山泉的方向走去。

解青鱗又看了桌上的畫一眼，才慢慢走向了疏影坐著的地方。

「疏影。」走到疏影身邊，他輕聲地喊著疏影的名字。

「解大夫！」疏影驚醒過來，急忙站了起來。

「妳和我說說心裡話，可好？」解青鱗和善地笑著。

疏影四處一看，發現傅雲蒼不在，臉色有些發白。

「山主……」

「嗯？妳喊我什麼呢？」解青鱗挑了挑眉毛：「疏影，怎麼這麼生分？妳我認識這麼多年了，怎麼妳喊他雲蒼，卻老是解大夫解大夫地喊我？疏影啊，妳眼裡可還有我？」

「請山主恕罪！」疏影雙膝重重地跪在了地上，聲音顫抖地說：「梅疏影要是犯了什麼錯，還請山主開恩！」

「我又沒說妳犯錯，妳怕什麼呢？」解青鱗伸手把她扶了起來：「要是被他看到妳這樣子，一定會覺得奇怪的，那可就不好了。」

「是！疏影明白了。」疏影簌簌發著抖：「疏影會記得的。」

「妳別怕，我只是有些事要問問妳。」解青鱗勾起她的臉，仔細地看著：「果然我見猶憐。我先前倒是沒有發現，妳長得如此楚楚動人啊。」

「疏影身分低微，怎麼敢受山主如此誇獎。」疏影目光猶疑不定。

「誇獎？我這是在說實話。」解青鱗的手撫過她吹彈可破的雪白臉龐：「早些時候，有人跟我說，我比妳差得遠了，我看這話半點不假。不過，聽到之後，我總覺得有些不舒服，可能因為從來沒有人跟我說過這樣的話吧！」

梅疏影聽到這裡，臉色已經泛成死灰。

「山……山主……」她顫抖著嘴唇，連話都說不完整了。

「怎麼辦呢？疏影，妳倒是說說，我該怎麼辦才好？」解青鱗笑著問她。

「山主饒命！山主饒命！」疏影雙腳一軟，跌坐到了地上。

「我知道這和妳沒什麼關係。」看她怕成這樣，解青鱗嘆了口氣：「我也知道這個人也許不知道是在和誰說話，也許他眼裡我和世上大多數人都差不多，不過呢，他好像對妳倒是青眼有嘉。疏影，妳居然比我要強，真是令我驚訝！我就納悶，平時也不見妳有什麼特別的舉動，妳現在倒是跟我說說，妳怎麼就能做到呢？」

疏影怯怯地抬起頭，大著膽子問了一句：「山主可是在說雲……不，傅公子？」

「妳以為呢？」解青鱗點點頭：「這個人還真是有趣得很啊。」

「他……只是山主閒暇時的消遣……山主何必為了他費心……」疏影鼓足勇氣說道：「其實我覺得他……雖然不識時務了一些，倒也不像其他人那樣……」

「妳居然這麼瞭解他？」解青鱗「咦」了一聲：「疏影，妳不會是對他動了情吧？」

「疏影不敢！請山主千萬不要誤會！」疏影嚇得一個激靈：「我是覺得山主不值得為他白白花費這麼多的心思！」

「誰說是白白花費心思了？」解青鱗斜著看了坐倒在地上的梅疏影一眼：「我現在覺得這個人實在是有趣極了。疏影，我勸妳最好不要壞了我的興致，妳聽明白了嗎？」

「是！疏影明白！」疏影咽了口口水：「多謝山主提醒！」

「那就最好了。」解青鱗親切地把她扶了起來：「疏影，別和我這麼生疏，以後叫我青鱗就好。」

「疏影萬萬不敢！」疏影驚恐地又要跪下。

「既然是我讓妳這麼叫的，妳只管這麼叫我。」解青鱗甚至彎腰幫她拍掉了裙上沾到的泥土：「放心，妳現在是我『重要』的朋友，只要別惹我生氣，我一定會好好待妳的。」

梅疏影除了發抖，哪裡還說得出半個字來？

「你們……」梅疏影轉過頭，看見傅雲蒼拎回了一小桶水，正站在一邊看著他們兩人。

「我去澆樹了。」梅疏影拿過他手上的水桶，匆匆離去了。

「她這是……」傅雲蒼看著她有些反常的樣子，疑惑地問：「疏影她怎麼了？」

「沒什麼，也許還是不怎麼舒服。」解青鱗笑笑：「不如我們今天早點回去可好？」

「也好，我這就和她說去。」傅雲蒼走了兩步，又停了下來：「青鱗……」

「怎麼了？」

「不，沒什麼！」傅雲蒼搖了搖頭，轉身走開了。

只是他回來時，看見青鱗扶著疏影的樣子，胸口有些發悶。

最近好像常常有這樣的情況，又不像是舊病復發，那麼……是為了什麼呢？還是等到只有兩個人時……單獨問問青鱗……

「你說心口不舒服？」解青鱗伸手要為他診脈，卻被擋住了。

「也算不上不舒服，只是有些發悶……我想也許和身體沒什麼關係。」傅雲蒼的臉上充滿了困惑。

「那是為了什麼呢？」

「青鱗……」這時，燭火突然熄滅了。傅雲蒼走到窗邊，推開了窗戶，接著說：「我想了想，在家時倒是沒什麼事，可是在白梅嶺上……時常會有……」

在他的背後，解青鱗眸光一閃，像是想到了什麼。

「我覺得奇怪，可是總也不明白是為了什麼……」

「你今天也覺得胸悶了？」解青鱗問他。

「是啊。」傅雲蒼仰頭看著天空：「今天打水回來以後，我就有那種感覺。」

解青鱗笑了出來。

傅雲蒼驚訝地轉身看他，不明白這有什麼好笑的。

「雲蒼啊雲蒼，你果真……」解青鱗一時找不到形容詞，只是止不住地笑著。

「這很好笑嗎？」傅雲蒼本就是冰雪聰明的人，也察覺到是被調侃了，臉上忍不住有些發熱。

「不是！不是！」解青鱗連忙收住了笑聲，但臉上的笑意一時怎麼也忍耐不住：「雲蒼，你不要誤會，我沒有取笑你的意思，我這可是在為你高興啊！」

「高興？」傅雲蒼靠在窗臺上：「這值得高興嗎？」

「雲蒼，你記得《國風．周南》的第一篇嗎？」

「當然是記得的！那是〈關雎〉。關關雎鳩，在河之洲。窈窕淑女，君子好逑……」

「參差荇菜，左右流之。窈窕淑女，寤寐求之。求之不得，寤寐思服。悠哉悠哉，輾轉反側。」解青鱗接著念了下去。

「這個……有什麼關聯嗎？」怎麼突然扯到《詩經》上去了？

「美人邁兮音塵闕，隔千里兮共明月。」解青鱗笑看著他。

「這是《月賦》……」傅雲蒼忽然若有所思地停了下來。

「疏影才貌出眾，傾心於她，也是一件曼妙之事啊！」解青鱗站了起來。

「不！」傅雲蒼直覺地否認了。

「不？」解青鱗訝異地說：「這『不』字，又是什麼意思呢？」

「你為什麼會以為我……對疏影……有愛慕之心呢？」疙疙瘩瘩說到這裡，傅雲蒼平日裡蒼白的臉上難得浮起了一抹紅暈。

「這古來男女間事，最是微妙難以言說。」解青鱗走到了他的身邊，和他並肩站在窗前：「我也不能肯定，不過呢，若是你愛上了一個人，會覺得她在你眼中和別人不同，會為她朝思暮想，看見她和別人在一起的時候，自然心中會覺得不舒服。古人詩中所說：『求之不得，寤寐思服。悠哉悠哉，輾轉反側。』大抵就是這個樣子了。」

「是嗎？」傅雲蒼皺起了眉：「可是，我也沒有覺得對疏影……全是如此啊！」

「世間人千百種模樣，對待情愛的方式也都不同。不過，多多少少和這些情況相近的。」解青鱗仰頭看向天心的明月：「易得無價寶，難得有情人啊！作為一個凡人，若是能得到一份真摯情愛，這一生才算沒有白活過……」

傅雲蒼看著月光下解青鱗那輪廓分明的側面，腦海中浮起了一首古詩……

「海上生明月，天涯共此時。情人怨遙夜，竟夕起相思。滅燭憐光滿，披衣覺露滋。不堪盈手贈，還寢夢佳期。」

解青鱗聽見了，微微一愣，轉頭朝他看來。

收回了伸出的手掌，傅雲蒼為了自己的失態大覺困窘。

「的確是夜深了，雲蒼，早些睡吧。」解青鱗臉上的訝異一閃而沒，準備告別離開。

「對了。」走到門邊，他又回頭說了一句：「雲蒼，疏影她的確是個不可多得的好女子，別說是你，縱是天下男子，又有幾個不為如此佳人心動？我看她對你也頗有好感，可不要錯過了。」

傅雲蒼攤開自己握著的手掌，覺得心裡有些悒鬱，有些不安，有些……沒有想到疏影或者其他，只是因為自己剛剛說的那些話。

為什麼要說以月光相贈這樣的詩句？好虛無的想望……

若是你愛上了一個人，會覺得她在你眼中和別人不同，會為她朝思暮想，看見她和別人在一起的時候，自然心中會覺得不舒服。古人詩中所說：「求之不得，寤寐思服。悠哉悠哉，輾轉反側。」大抵就是這個樣子了……

相思？對疏影？是真的嗎，難道我真的對疏影……

傅雲蒼抬起頭，看著就坐在面前的疏影。

疏影是個極美的女子……極美？那是什麼呢？每一個人都有不同，怎麼區別美與不美？美麗的意義又是什麼？

疏影……看著很舒服……我呢？我長得……

「你長得怎麼樣？」梅疏影突然開口，他這才意識到自己已經問出了口。

「我只是覺得有點好奇……在別人的眼裡，我長得是什麼樣子……」傅雲蒼訥訥地說。

「雲蒼你嗎？」梅疏影想了想：「我說不好……也說不出到底是什麼樣子……」

「那就算了！」只想早些結束這個話題的傅雲蒼連忙說，低頭看著兩人下了一半的棋局。

梅疏影張了嘴，但還是沒有說什麼。

她並不是存心敷衍，而是要她描述傅雲蒼的長相，她一時間真的說不出來。要說傅雲蒼長得好看，他就算這幾日氣色好轉了不少，但多年傷病的身子還是讓他滿臉蒼白倦容。在她所見過的人中，比他英俊瀟灑或者是風采卓然的人物太多太多……可要說他難看，卻更加不是了。

這個人有種內斂的神韻藏於厭倦的眉眼之間，說不定連他自己都沒有注意到，他的身上有一種和別人完全不同的東西……那些神仙、妖鬼、凡人，在梅疏影修煉以來的三千年裡見過無數，可沒有一個有傅雲蒼身上的這種蘊含於內的孤傲華貴……就像他腕上綁著的琉璃，長久注視間，讓人目眩神迷……

「疏影，該妳了。」傅雲蒼終於決定了下哪一步，笑著抬起了頭。

梅疏影愣住了，這傅雲蒼……真的只是一個凡人嗎？

「那個……解大夫他，最近為什麼沒有一起過來呢？」梅疏影試探似地問道。

「青鱗……他……」傅雲蒼頓了一頓，才說：「他說這幾日要親自去山中採些草藥……」

「喔。」梅疏影從棋盒裡拈了一子。

「疏影，青鱗他……他和妳……」

梅疏影暗自一驚，抬頭看他。

「他和妳……你們兩個……」看著梅疏影烏黑的眼睛，他卻怎麼也問不出口：「算了，沒有什麼。」

梅疏影疑惑地看著他。

「疏影……」又過了一會，傅雲蒼還是忍不住問了：「我想問妳一些事情。」

「你問啊。」

「相思、仰慕，那是什麼樣的感覺呢？」傅雲蒼微微低下了頭，把玩著手裡的棋子：「我生來為病痛所苦，獨居在一間小小的院子裡，雖然從書本上讀過關於男女情感之事，可是不曾深入細想。」

「相思？」梅疏影微仰起頭，思緒有些飄遠：「愛之願其生，恨之欲其死……情愛相思本就是穿腸毒藥……」

「毒藥？」答案怎會相差得如此之遠？

「其實，也不都是這樣的吧！」梅疏影笑了笑：「只是，這世上懂得珍惜真摯情感的人實在太少，往往只是白白交付了真心，落得慘澹收場。」

「難得有情人嗎？」傅雲蒼想到了另一件事。「疏影，妳信不信山妖精怪之流能真心實意地愛上人類？」

「為什麼突然……問這麼奇怪的問題？」梅疏影心跳快了幾拍。

「前些時候，我遇上了一件事。」傅雲蒼托著下顎撐在桌上：「我有一個遠房的親戚被一隻狐妖纏上，我去幫他驅趕妖邪，他非但不和我合作，反倒把我當作了仇敵。他口口聲聲說不論那女子是人是妖，都是他深愛的人。那妖狐更是被我傷了，也不願離開。我最近每每想到這事，總覺得奇怪。若說是人被妖術迷惑也就罷了，那妖也有可能是真心實意的嗎？」

「我認為，人和妖沒有太大的區別，有些時候，人心並不比妖魔之心更好掌握。就像人分千百萬種，妖也是一樣的。人有真心真情，妖也未必是全然沒有。」梅疏影輕輕地嘆了口氣：「世人常以為妖魔多惡，其實人心才險。」

說到這裡，她意識到自己一時忘形，答得奇怪，連忙住了口。倒是傅雲蒼，聽了以後一臉若有所思。

「難道說，我做錯了？」他迷茫地低語：「我不該強行驅走那隻狐妖嗎？」

「不是的。」梅疏影搖了搖頭，有些無奈地說：「有句話說得好，『人妖殊途』。就算再怎麼真心實意地相愛，人和妖哪裡能有什麼好的結果？不論外力，人說長伴白頭，可一人一妖，又怎麼長伴白頭？愛時情狂，只以為能不在意，可是，長久以後，怎麼能不在意？人妖相戀……本就是不對也不應該，你做得沒有不對。」

「也是。」傅雲蒼點頭：「縱是愛得再深，總也有情意消散的一天吧。」

「雲蒼，如果……我是說如果，你若愛上了一隻妖……你會怎樣？」

「妖？我怎會愛上一隻妖？」傅雲蒼笑著說：「疏影，妳這假設可真是有趣。」

「我是說如果……」

「我不會愛上一隻妖！若是愛上了……」傅雲蒼側頭想了一想：「要是真的愛上了，我也會斷了這份孽緣吧！誠如妳所說，人和妖怎麼相戀？還是應該及早結束才對。」

「你這是沒有愛過……」要是說斷就能斷，世上何來這麼多的愛恨糾葛？

傅雲蒼站了起來，負手走到了崖邊，山風將他的衣襬吹得獵獵作響。

「疏影。」傅雲蒼回頭問她：「情愛讓人成狂，相思還是無益的吧！」

梅疏影不禁點了點頭。

「那麼……」傅雲蒼瀟脫一笑：「若是情愛只能帶來糾纏痛苦，那不要也罷！」

難掩驕傲地說著「不要也罷」的傅雲蒼，再怎麼平凡的表相也難掩他骨子裡的孤傲。

這是一個多麼自傲的男人，要是他知道了……

梅疏影低垂下去的臉上再一次地露出了猶豫。

4

看著傅雲蒼遠去的身影，梅疏影忍不住嘆了氣。

「妳這是在為誰嘆息？」一個聲音在她耳邊響起。

「山主！」她嚇了一跳，慌忙收斂表情，惶恐地朝身邊突然出現的身影行禮。

「妳不會以為我真的是去『採藥』了吧？」解青鱗加重了採藥兩字的聲調。

「梅疏影不敢！」梅疏影跪了下去。

「不敢？我還以為妳膽子大得很呢。」解青鱗冷笑了一聲：「疏影，我是讓妳和他『好好相處』，不是讓妳說些有的沒的。妳看妳，是沒聽清呢？還是想和我作對？」

「請山主恕罪！我絕對沒有違抗山主命令的意思！可是……」梅疏影皺著眉頭，近乎哀求地看著他：「梅疏影斗膽，求山主……您不如就此殺了這人可好？」

「殺他？我為什麼要殺他？」解青鱗問她：「疏影，妳不求我放過他，偏偏要我殺了他，這是為了什麼？妳什麼時候這麼恨他了？」

「山主本意不就是毀了這人？直接殺了他不是很好嗎，何必為了這個無趣的凡人浪費時間？」梅疏影勉強地朝他笑著：「這人枯燥又乏味，山主你……」

「我起初也覺得他乏味又無趣至極，以為不過幾日就會厭倦，隨手殺了就好。」解青鱗笑著說：「可是，沒想到他居然和一些舊相識扯上了關係，我開始覺得這個人有趣起來。明明註定是早夭的命數，居然用法器為他逆天強留，這不是很耐人尋味嗎？若是我真的草草殺了他，萬一錯失了什麼……可要是我放任不管，失了先機也不好，所以，握在手裡再說吧！只要確定了他沒有價值……」

梅疏影雖然大多聽不懂，卻因為解青鱗臉上的表情膽戰心驚。

「所以，不要再讓我聽見這樣的蠢話了。」解青鱗收起笑容，一臉冷厲：「要不是因為妳修習的是神仙道，身上妖氣淺淡，我又怎麼會選中妳？要論迷惑男人，妳實在差勁透頂！我勸妳不要真把自己當成了神仙，妳要知道，所謂神仙，在我眼裡也不過是一幫廢物。」

「梅疏影……明白山主的指示……多謝山主提醒！」

「疏影啊。」解青鱗又換上了笑臉：「其實妳只要按我說的去做，我又怎麼會對妳這麼嚴厲呢？我不是答應了，只要妳做得好，我一定幫妳避過最後的天雷之劫。妳也不想毀了千年不易的修行吧？」

「多謝山主。」梅疏影額頭冒出了層層的冷汗：「山主的恩德，梅疏影絕不敢忘！」

「很好！」解青鱗看向傅雲蒼離去的方向：「他說『不要也罷』，我倒要看看，他是怎麼個不要法。」

和風徐徐的午後，傅雲蒼百無聊賴地斜靠在窗前的躺椅裡發著呆。

青鱗他……走了多久了？十天？只有十天嗎？為什麼會覺得像是過了十個月？

這些天，總覺得四周空蕩蕩的，像是少了什麼重要的東西一樣，做什麼事都覺得沒興致，白梅嶺也不怎麼想去……

傅雲蒼又一次環視了四周，忍不住有些沮喪。連獨處時該做些什麼都沒了概念，這些年自己一個人是怎麼過來的啊？

手撫著胸口，覺得那裡空落落的……

「雲蒼。」

傅雲蒼聽到了這個聲音，心猛地一跳，飛快地從躺椅上坐了起來。回過頭，解青鱗正滿面笑容地站在窗外。

「雲蒼，我回來了。」解青鱗隔著窗戶對他說：「我不在的這幾天，你身子可好？」

「怎麼這麼久才……」說到這裡，傅雲蒼突然停了下來。

「是啊，有些草藥十分難找。」解青鱗伸手進來，握住了他的手腕：「讓我幫你……」

傅雲蒼飛快地把手抽了回來。

「咦？」解青鱗吃了一驚。

「我很好。」傅雲蒼急忙解釋：「你……一定累了，還是先梳洗休息一下，晚些再來找我。」

「也好。」解青鱗點點頭：「那我晚些過來看你吧！」

目送解青鱗走出了院門，傅雲蒼慢慢地躺回了椅子上。

若是你愛上了一個人，會覺得她在你眼中和別人不同，會為她朝思暮想，看見她和別人在一起的時候，自然心中會覺得不舒服。古人詩中所說：「求之不得，寤寐思服。悠哉悠哉，輾轉反側。」大抵就是這個樣子了……

青鱗他，和別人不同……不見他的這幾日，幾乎時時會想起他……那時……見到他和疏影神情親暱，不知怎麼胸口陣陣發悶……難道說……

傅雲蒼低聲地笑了出來。

不！這不可能！這是窮極無聊，在亂想什麼呢？青鱗他，只是朋友，極好的朋友！

再說了，青鱗他是個男子，和自己一樣的男子。自己一定是中了邪，才會想到這麼奇怪的事情！那些話不是在說男女間情愛嗎？對另一個男子……怎麼說，這也是絕不可能的！

可是，說不可能，心裡又為什麼慌成了這樣？

他臉上的笑容越來越淡，越來越淡……最終成了一片驚惶。

那一日，傅雲蒼獨自坐在窗前，直到金烏西落，玉兔東升……

「把你們這裡所有的姑娘都叫來！」傅雲蒼從袖裡拿出一疊銀票放到桌上，面無表情地說著：「今夜，我把這裡包了。」

這是在惠州城最大的妓館，傅雲蒼對著老鴇說的話。

老鴇一看見這疊銀票，連自己姓什麼都忘了，哪裡還顧得上前一刻還在暗笑這個病懨懨的男人居然也學人家找姑娘。

「公子請稍等，我這就把姑娘們都叫過來！」老鴇一路小跑出去。

傅雲蒼掉頭看向窗外。

不堪盈手贈……他猛地關上了窗，把滿盈的月色關在了窗外。

傅雲蒼回府的時候，天色已經拂曉。他趕走了要扶自己的僕人，步履不穩地走回了自己的房間。剛要伸手推門，門卻從內打開了。

「雲蒼。」一雙手扶住了他：「你去哪裡了？」

他抬起頭，看見了一雙烏黑中帶著暗沉綠色的眼睛滿是關切……

「是你？」他站穩以後，掙脫了扶住自己肩膀的雙手：「你在我房裡做什麼？」

「你喝酒了？」解青鱗驚訝地聞到了他身上的酒味，還有……女子脂粉的味道：「你到什麼地方去了，怎麼會喝成這個樣子？身上怎麼還會有……胭脂的味道……」

「紅軟閣。」傅雲蒼冷淡地回答，從他的身邊走了過去。

解青鱗一愣：「那不是……」

「青樓妓館。」傅雲蒼乾笑了一聲：「男人徹夜不歸，還能是去什麼地方？」

「你去妓館……」解青鱗咳了一聲：「是去……」

「當然是去找姑娘們飲酒作樂。」傅雲蒼拿起了桌上的茶壺為自己倒杯水，不在意地說：「難不成是去喝茶談心？」

解青鱗這回是愣住了，不知道該怎麼反應才好。

「解大夫，你怎麼會在我屋裡？」傅雲蒼喝著冷茶，斜眼看他。

「我不是答應要來幫你看診？」解青鱗抿嘴一笑，似乎有些尷尬：「只是沒想到你不在，還去……」

「真抱歉，我一時忘記了。」傅雲蒼半低著頭，把玩著手裡的茶杯：「你放心，我好多了，沒覺得有哪裡不舒服。」

「我也看得出來。」解青鱗跟著笑了一聲，接著小心地說：「可是，我沒想到你會去那種地方散心……」

「食色性也，連聖人也這麼說。我也是個男人，去趟妓館有什麼奇怪的？」

傅雲蒼嗤笑了一聲：「解大夫你不是這麼迂腐不化的人吧！」

「這當然沒什麼。」解青鱗釋然一笑：「只是我先前還以為雲蒼你是一個自律節制的人，倒是沒有料想到你也有瀟灑不羈的一面。」

「人生在世，總要過得灑脫些，若是被什麼難以掙脫的東西羈絆住了，不是很痛苦嗎？」傅雲蒼像是在喃喃自語：「要是會令我痛苦的，就算再美好，還是不要也罷。」

「雲蒼，可是出了什麼事？」

傅雲蒼轉過頭來，目光複雜地看著解青鱗。

他花了一個晚上的時間和那些青樓女子調笑，可是除了疲倦和滿心的厭煩，再也找不到什麼感覺。甚至時時有投懷送抱的狂浪之舉，也總是一律推開，脂粉的味道熏得他幾欲嘔吐。

最後實在受不了，還是把滿屋子的女人趕了出去，一個人看著月光喝了一夜的悶酒。

都是這人不好，把他平靜的心攪了個地覆天翻，偏偏現在還在一臉關懷地問他是不是出什麼事，不是好笑至極嗎？

解青鱗被他這種太過複雜的目光一看，隱隱覺得有哪裡不對，表情也慢慢凝重起來。

「解青鱗……青鱗……」傅雲蒼第一個移開了目光，嘴裡像是開玩笑似地念著他的名字。

念著念著，胸口又痛起來，只能轉過頭去不再看他。

解青鱗看見傅雲蒼頸邊一點紅痕，露出了深思的表情。

他怎麼會不知道傅雲蒼去了妓館，不只是知道，從頭到尾，他看得清清楚楚。他看見一個放蕩的紅衣伶妓在傅雲蒼耳後調戲似地咬了這一口，他也同樣看到了傅雲蒼把那群庸脂俗粉趕出了房間，一個人一言不發地喝了半夜的酒。

就是因為看得清楚，他才更是覺得奇怪。

這傅雲蒼到底在搞什麼鬼？難道真是自己猜錯了，他並不喜歡梅疏影那種飄逸高雅的樣子，倒是中意妖嬈嫵媚的？可是面對翡翠也不曾見他絲毫假以辭色……

這人的行為，真是古古怪怪，令人頗難理解！

自那夜以後，傅家那個據說病入膏肓，而且被傳作妖邪的少爺夜夜流連青樓的消息，迅速在惠州城傳播了開來。

流言凶猛，最後，傅老爺連想裝作不知也做不到了。

這天晚上，醉醺醺的傅雲蒼踏進家門的時候，看見大廳裡燈火輝煌，上上下下都在等著他。

「爹？這麼晚了你還不睡？」傅雲蒼醉眼矇矓地看著自己父親，然後看了看天色，恍然大悟地說道：「原來天亮了。爹，你起得可真早。」

「你這孩子！」他父親的正妻李氏連忙讓人端了醒酒湯過來：「可真是醉得厲害了。」

「雲蒼！」傅老爺難得對他發了火：「我傅家的臉面都要被你丟盡了！」

「爹，你這是說什麼呢？」傅雲蒼喝著醒酒湯，不緊不慢地回答：「我做了什麼天理不容的事情？」

「你身子才剛好些，生活就如此放蕩。你知不知道外面是怎麼傳的？」傅老爺捶胸頓足：「家門不幸！真是家門不幸！」

「他們怎麼說是他們的事，與我何干？」傅雲蒼放下了碗，用手指抹掉了唇邊的殘漬。

「不肖子！」傅老爺用手指指著他：「我不許你再這樣放肆！你給我在家裡待著，哪兒也不許去！」

「不。」傅雲蒼丟了一個字給他，慢條斯理地往後院走去。

「好！你要這樣胡天胡地瞎鬧也行！」傅老爺咬牙切齒又拿他沒有辦法：「你給我娶個媳婦回來，給傅家留了香火，我就隨你折騰去！」

傅雲蒼停了下來。

「娶妻？」他愣然反問。

「是啊！」李氏急忙走到了他的身邊：「雲蒼，你也二十歲了，先前是因為你身子不好，又總是不肯娶妻沖喜，所以才一年一年地耽擱了下來。可現在你身子好轉了，也該是時候考慮成家立室了。」

娶一個人，和她結縭相守，白頭終老……

「不！」他就這麼說了，完全是下意識地拒絕了這個提議。

「為什麼？」傅老爺和李氏異口同聲地問他。

是為了什麼……是為了……

傅雲蒼環視著眾人，目光無法控制地停在了屋裡另一個沒有說過話的人身上。

「要我娶妻？這提議好嗎？」他看著這個人問。

「這是好事啊！」那個人回答：「值得恭喜。」

好事……這是好事……

「對，是好事！」他有些麻木地附和著：「你說是好事，就是好事吧！」

這話說出來，連傅老爺也開心起來。

「那你這是願意了？」李氏喜滋滋地問。

「你說，我可以成親嗎？」他還是問那個人。

「你也到了該考慮成親的年紀了。」那人笑著對他說：「放心吧！你的身體沒有什麼問題的。」

「好！」他點點頭，目光中帶著笑意：「既然你說我應該成親，那我就成親。」

說完，再也不顧其他人，就這麼轉身走了。

月已偏西，直把他的影子拖得很長，很長……

直到離開了大廳很遠，傅雲蒼才捂著心口，扶著迴廊的柱子停了下來。

不是發悶，是在絞痛。痛得他彎下了腰，痛得他指尖緊抓過柱子，在紅漆上留下了深深的痕跡。

傅雲蒼慢慢地蹲下了身子，希望這一陣疼痛能快些過去。不知過了多久，他的眼前出現了一雙鞋子，一雙淡綠色的鞋子。

「你怎麼了？」

他被扶了起來，眼前正是那個剛剛在大廳裡一味說著「好事，應該」的解青鱗。

「我沒事。」他推開了這人，揮開了要為他診脈的手：「是只喝得多了，有些反胃。」

「那我扶你回房。」

「不用了。」他搖了搖頭：「我自己認得路。」

「我……是不是做錯了什麼？」解青鱗看著他：「為什麼近來你好像對我諸多排斥？」

「不，你沒做錯什麼，我也不是在排斥你。」傅雲蒼漠然後退了一步：「你為我治病，對我有恩，我感激還來不及了，怎麼會排斥你呢？」

「那你為什麼最近總是……」

「其實你們說得很對，我也到了成家立室的年紀，不能這樣胡亂度日了。」傅雲蒼側頭看著迴廊外就要消失、卻依舊明亮的月色：「年少輕狂時總會有些古怪的念頭，過些年想想，自己都會覺得好笑吧！就像月有圓缺，世上的事，又有多少能順遂人意呢？」

「突然之間說這樣的話……」解青鱗有些遲疑地問：「難道……遇上了什麼不如意的事？是不是和疏影有關？她對你說了什麼，可是傷了你的心？」

「傷心？」傅雲蒼笑了出來：「我天生心不完整，早就受了傷了。」

他伸手出了迴廊，在月色裡輕握。

「不堪盈手贈……」他喃喃地說道，雙眼卻是看著解青鱗：「不知何時，才會有人願贈我一握月光？」

「這般虛無的東西，怎能拿來作為饋贈？」解青鱗只當他是在說笑：「要是我的話，寧願有人贈我一握珍珠。雖不是月光，卻勝過月光。」

「算了……」傅雲蒼收回手，垂下了衣袖：「還是什麼都不要的好……」

解青鱗難以理解地看他離開。

要不是篤定梅疏影絕不會和他說些什麼，還以為他是知道了不該知道的事情。可明明沒有……

這個人……越來越古怪了……

5

對象很快就被決定了下來。是李氏家裡的遠房侄女，今年不過十五。

因為明年多是破日，不宜嫁娶，所以婚期定在了這年年末，離現在只有半年的時光。

傅雲蒼沒什麼意見，說什麼他都點頭稱好。不過，他再也沒有出去流連青樓，流言也漸漸跟著平息了，這讓傅老爺懸著的心終於放了下來。

現在的傅雲蒼看起來像是完全變回了最初的樣子，冷淡、疏遠、不喜和人交往，總是一個人在自己的屋裡待著。連解青鱗去看他的時候，也覺得他對待自己的態度，不再是一個朋友，而是一個感恩的病人。

像初相識的時候，說些禮貌的話，態度裡敷衍多過親熱……是什麼事讓他突然改變了這麼多？

解青鱗百思不得其解。不過，對他來說，卻是越發覺得有趣了。

轉眼，已是九月。

這天，梅疏影找人送來了帖子，請傅雲蒼和解青鱗去白梅嶺小聚。解青鱗一早就出了門，也不知去了哪裡，傅雲蒼想了一下，就獨自去赴約了。

梅疏影拿出了珍藏的梅酒，和他喝酒聊天。酒雖清淡，可是後勁很足，傅雲蒼很快有了幾分醉意。

「雲蒼，你醉了嗎？」梅疏影看他眼色矇矓，於是問他：「可要進屋休息？」

「我沒事。」傅雲蒼撐著額頭，長長地吁了口氣。

「雲蒼，不過只是小別些時日，你看上去……清減了不少……」梅疏影有些擔憂地問他：「可是心裡有什麼鬱悶難解？」

傅雲蒼本就消瘦憔悴不錯，現在整個人看起來比初相識時更加神情抑鬱了。

「鬱悶？不，沒什麼好鬱悶的！我怎麼會覺得鬱悶？」傅雲蒼像是不勝酒力地慵懶一笑。

「聽說，你就要成親了。你是不是對這門親事有什麼不滿？」梅疏影拿走他手上的酒杯：「若是這樣，為什麼要答應下來呢？」

「為什麼要答應下來？因為他說好，那就好了！」

「你說什麼？」梅疏影沒弄明白他話裡的意思。

「疏影，妳還記得前些日子我們兩個人坐在這裡下棋，當時說的那些話嗎？」

梅疏影認真地回想了一下：「你說相思……」

「對，就是相思。」傅雲蒼笑著點頭：「我問妳，要是我為了一個人朝思暮想，覺得對我而言，這個人和別人完全不同，想著要是這人和別人結了連理，我心中就要發痛……這算不算得上是種相思？」

「這樣……自然是了……」梅疏影看著他，難掩驚疑：「難道你……」

「生平不會相思……」傅雲蒼嘆氣：「這相思還是不要懂得的好。」

「這……是為了誰？」梅疏影心裡生出了不祥的預感，緊張地追問著。

「我本以為是為了妳。」傅雲蒼專注地看著她：「妳是一個極好的女子，秀外慧中，若是傾心於妳，也是應該的。」

梅疏影的臉一下子全紅了。

「可惜……若是那樣，可能就不會有這麼多的煩惱了。」傅雲蒼轉開了目光：「我終於明白，妳當時為什麼要說相思本是穿腸毒藥這樣的話了。無望的情感，就是穿腸的毒藥，就算你想擺脫，也經不住它日日夜夜腐蝕五內……」

「無望的……」梅疏影眼皮一跳：「什麼是無望的……」

「愛上了不應愛上的人，不就是無望的嗎？」傅雲蒼托著下顎，苦笑著說：「我本以為自己不至於這麼愚蠢，可還是逃不出命運的捉弄。世上什麼樣的好女子沒有，我卻一個也不愛，偏偏愛上了一個……」

「雲蒼！」梅疏影突然打斷了他：「你喝醉了！」

「醉了？醉了倒好……醉了就不會想起那個穿腸毒藥一樣的……」

「雲蒼！」梅疏影臉色不知為什麼有些發白：「別說了！」

傅雲蒼皺起眉頭，不明白她為什麼一臉緊張。

「我知道……我想我明白了……」梅疏影輕聲地說，聲音低得幾乎連她身邊的傅雲蒼也快聽不見了。

「妳知道了？妳真是聰明，這麼快就猜到了。」傅雲蒼趴到桌上，孩子氣地捶了捶桌子：「真是討厭，真是討厭！我討厭他！疏影，我討厭他！」

「雲蒼……算了吧！」梅疏影小心翼翼地說：「那樣不好！」

「不好……對，那不好……」抑鬱的笑容回到了他的臉上：「我怎麼不知道那樣不好，要是好事……哪裡來的煩惱？」

「或許，只是你一時看錯了自己的心意……」

「要是這樣，那該多好……妳知道，我向來不喜歡拖泥帶水，偏偏遇上了這樣的事……」傅雲蒼看見她眼裡的擔憂，給了她一個安慰的笑容：「妳放心，我已經做了決定。我說過，相思若是無益，捨了就是！哪怕再難，我也能捨下。」

「真的嗎？」梅疏影直覺地問，問完已在後悔。

「是真的。」傅雲蒼堅定地回答：「我既然決定了，自然就會做到。」

「那就好！」梅疏影倉促地說：「這樣就好了，你也快要成親了，等過一陣子就能把這事忘了！」

「也許吧。」傅雲蒼趴在桌上，把頭枕著自己手臂：「還是捨了的好……」

就在梅疏影以為他終於醉倒，鬆一口氣的時候……

「青鱗……」傅雲蒼幽幽地喊了一聲。

梅疏影僵立當場，直從頭頂涼到了腳心。

「原來……是這麼回事啊！」白梅樹後，走出了一個修長的身影。

梅疏影看向趴著的傅雲蒼，見他毫無反應，知道是被封了五覺。

「山主！」梅疏影站了起來，惶恐地偷看著那張俊美絕倫，又毫無表情的臉。

山主素來喜怒無常……

「我說呢，怎麼突然之間對我態度古怪……這樣一說，倒是解開了我所有的疑惑。」解青鱗側頭看著桌上的傅雲蒼：「說什麼我比不上一個小妖，我還差點信以為真了，沒想原來是口是心非。」

梅疏影不敢開口，但目光裡有些焦急。

「凡人嘛，總是喜歡痴心妄想。」解青鱗勾了勾嘴角：「不過，他眼光倒是好，為此，我成全他這奢望又有何妨？」

「山主！」

「怎麼？妳有意見？」解青鱗驚訝地看著她：「妳要知道，我可從來沒有想到這層，這完全是他自己起的念頭。被一個凡人，還是一個醜陋的男人喜歡上，不是什麼值得開心的事情，我沒有把他折磨到死，還想委屈自己，已經是難得的善心了。」

他又看了看傅雲蒼，嘆了口氣：「這人有什麼好的？人既無趣，長得也不怎麼樣，哪裡值得妳一而再，再而三地為他冒犯我了？」

「求山主放過他吧！」梅疏影咬了咬牙，跪了下去。

「疏影，妳不是在說笑吧！」解青鱗眉一挑。

「梅疏影不是說笑！」

「好！好極了！」解青鱗冷哼了一聲：「那我要妳三千年修成的內丹換他的性命，妳可願意？」

「我願意！」梅疏影沒有猶豫，像是早就知道他會作出這樣的要求。

「為什麼？」解青鱗沒有想到她真會答應，有些意外：「難道妳真的喜歡上了這個凡人？」

到了後來，語氣有些森冷起來。

「很久以前，曾經有一個和他很像的人也這樣地愛著我。他明知道我是妖，也說要和我斷絕往來，可是只要我裝作對他好些，他就能為我付出一切……雖然他已經死了很多年，可我還記得我怎麼作弄了他，怎麼傷害了他，怎麼失去了他，怎麼……後悔了千年。」梅疏影目光中溢出了哀傷：「我知道像他這樣的人，要麼不愛，愛了就不會輕易收回了。他嘴裡說要捨了要捨了，其實正是因為他捨不下，在逼迫著自己。」

「我知道，就是妳把他的魂魄和肉身藏起來的那個人吧。妳心心念念想要成仙，其實只是為了尋找讓他復生的方式。」解青鱗疑惑地問：「可妳現在要為了這個認識不過眨眼的人，放棄等了千年的機會嗎？」

「在這裡陪著他，一千多年轉眼就過了，我不在乎再等上幾千年。」梅疏影淡然一笑：「我們不是凡人，我們能活上比他們更久的時間，也許正是因為這樣，我們對感情的瞭解和執著，遠遠及不上這些易老易死的凡人。我想……可能是我們更害怕被獨自留下的緣故……就算不會衰老死亡，我們還是害怕時間帶走我們想要留住的東西。」

「凡人生生世世輪迴不斷，他們嘴裡總在說著的永世不忘，當笑話聽聽也就算了，難得妳這麼認真在信。」解青鱗諷刺道：「要是你沒有留住那個人的魂魄，他不知已經輪迴了多少次，早就把妳忘得一乾二淨了。說是那人愛妳至深，我看妳不過是被自己的感覺迷惑了。要是真信他，為什麼不帶著他的魂魄一同轉世做人，看看他是不是依舊愛妳如斯？」

「就算他能復生，我也會抹去他的記憶，讓他當回認識我之前的他。我想讓他復生，不過就是想在他還記得我的時候，親口對他說一聲抱歉。我不奢望和他白頭到老，因為我根本配不上他。我也知道，就算我毀了修行做人，人妖終是殊途，我們註定了只能有緣無分。」梅疏影淡淡地說：「山主，也許在你，這不過是個遊戲，可是對他來說，這是一段認真對待的感情。也許他一生也不過就這麼愛上一次，你若不愛他，也請不要傷他太深。就算是人，心靈受了重創，靈魂也會留下殘缺。若無法痊癒，生生世世，他都會覺得有說不清的遺憾留在心裡。」

「那又如何？」解青麟好笑地問她：「就算真像是妳說的，那又怎樣？這是他自己愚蠢，怎麼能怪我呢？」

「愚蠢？如果你認為那是愚蠢，那麼……你會後悔，你會和我一樣，後悔千年，萬年……等你知道你對自己做了多麼聰明的事情，你就會後悔的。」梅疏影帶著微笑，居然像是憐憫似地看著他：「山主，就算你有通天徹地的法力，總也有東西是後悔也無法挽回的，比如……時間……」

「梅疏影，妳果然是不要命了，敢當著我的面大放厥詞。」解青麟眼中閃過一絲殺意：「有膽識！憑妳這膽識，我就讓妳好好活著。我要讓妳看看，妳這些憑空臆測的事根本就是胡說八道！」

梅疏影看著一旁的傅雲蒼，深深地嘆了口氣。

傅雲蒼啊傅雲蒼，我能做的就是這些了，只希望山主專注之中能落下一分真心給你，那你也許就有機會全身而退。

縱使希望無比渺茫，也總比沒有了希望要好……

「雲蒼，雲蒼！」

恍恍惚惚，他聽見有人喊自己的名字。

「雲蒼，你醒醒，把醒酒湯喝了再睡。」

有人把他從床上扶了起來，然後他覺得自己偎到了一個比床鋪還要柔軟溫暖的靠墊上。

真舒服……他忍不住用臉頰蹭了蹭，偷笑著貼了上去。

「雲蒼，你怎麼像隻醉貓一樣？」那個聲音又好氣又好笑地對他說。

「來，張嘴！」有人托起了他的下巴，往他嘴裡灌著酸酸的東西。

因為靠得太舒服了，他也就沒有考慮反抗，乖乖地一口氣喝光了。喝完以後，居然有一股力道想要把他和那個可愛的靠墊分開，他立刻用力地抓住那個厚厚的靠墊，決定死也不放手。

那個力道最後還是輸給了他。他得意地抓著那個靠墊睡著了，昏昏沉沉地下了決定，要一直一直和這個舒服的靠墊在一起。

傅雲蒼是被煩人的喜鵲吵醒的。

他動了一動，也睜不開眼睛，就在想著還要再睡一會的時候，發覺不大對勁。

這個靠墊……

不對！

他倏地坐了起來，呆呆地盯著自己的床，還有床上的……男人……

「青青青青青鱗……」他結巴了好久才完整地說出了這個名字。

「嗯，是我。」比他早醒過來的解青鱗也坐了起來，伸展有些僵硬的四肢：「你終於醒了啊！」

「你……你怎麼會在我的床上？」突然覺得自己這話有語病，傅雲蒼的臉紅了大半。

「是你不讓我走啊！」解青鱗輕笑著說：「我都不知道，你喝醉了居然這麼可愛，昨晚死命抱著我，怎麼拉也不肯鬆手，還喊著『不要搶，這是我的』之類。」

傅雲蒼的臉由紅變白。

「我……有沒有說什麼奇怪的話？」他謹慎地問。

「奇怪的話？」解青鱗露出回憶的表情：「有啊，還真是奇怪呢！」

「我說什麼了？」他著急地追問。

「你說……」解青鱗笑了出來，得意洋洋地說：「你說疏影是個醜八怪，說青鱗是世上最漂亮的人！」

「啊？」傅雲蒼呆住了。

「的確是啊！」解青鱗嘆氣搖頭：「我真不知道你喝了多少，昨晚我到白梅嶺的時候，只看見你拉著疏影又哭又鬧。疏影被你氣得半死，她說以後再也不要請你喝酒了。」

「真……真的嗎？」傅雲蒼懷疑著自己的酒品：「我真的有那麼爛醉嗎？」

「我怎麼會騙你呢？」解青鱗誇張地皺起了眉頭：「你把我抓得那麼緊，真是傷腦筋啊！到最後，我只能和你同床共枕了一夜。你看，手腳都麻了！」

「我幫你揉揉！」看見解青鱗一臉痠痛難忍的表情，傅雲蒼連忙想要補救。

「好啊！」解青鱗大大方方地伸出了手腳。

傅雲蒼一愣之後，才輕輕地幫他揉搓活血起來。

揉就揉吧，沒想到還沒揉兩下，解青鱗的嘴裡就發出嗯嗯啊啊的聲音，一付很享受的樣子。

傅雲蒼就像被人踩到了尾巴一樣跳了起來。

「你……你自己揉吧！我要去……要去吃飯了！」傅雲蒼一邊說，一邊跌跌撞撞，手腳並用地從床上翻了下去。

看著他像是做了什麼壞事，驚慌逃逸的樣子，解青鱗在他背後悶聲笑了起來。

傅雲蒼腳下一顫，差點被門檻絆倒。他想，自己這輩子大概再也不會有比現在更難看的時候了。

「我本楚狂人，鳳歌笑孔丘，手持綠玉杖，朝別黃鶴樓……」

「五嶽尋仙不辭遠，一生好入名山遊。」

「錦瑟無端五十弦……」

「一弦一柱思華年。」

「你！」傅雲蒼合上了手裡的書本，皺著眉頭看眼前擾人清靜的傢伙。

「怎麼不讀了？」解青鱗搖頭晃腦地說：「讀書真是生平之樂事也！」

「解大夫，最近怎麼這麼空閒？」傅雲蒼退後了一些，有禮地朝他說著：「大夫精通岐黃之術，何不趁著風和日麗，去為他人解除病痛之苦？免得陪著我這個無用的人在院子裡發呆，白白浪費了寶貴的時間。」

解青鱗也彬彬有禮地答道：「雲蒼何必妄自菲薄，你現在是我最重要的人，我怎麼能片刻離你左右？」

傅雲蒼一愣。說什麼重要的人……聽得人頭腦都發熱了。

「你胡說什麼……」傅雲蒼臉上泛紅，一甩袖子就要逃走。

「雲蒼。」解青鱗笑吟吟地拉住他的手：「你是我最重要的病人，我怎麼是在胡說啊！」

十指交纏，指腹相貼，竟然帶著說不出的曖昧。

「解大夫！」再一愣之後，傅雲蒼忙不迭地甩開了他的手。

「雲蒼對我來說很重要。」解青鱗也收起了戲謔的表情，臉上是前所未見的認真：「我是說真的。」

那種認真嚇到了傅雲蒼，他誇張地退了幾步，「我不知道你在說什麼。」他心裡有些慌亂，直怨自己喜歡胡思亂想：「我有些頭暈，要回房去了。」

「雲蒼……」

傅雲蒼不顧解青鱗在背後喊他，轉身就走。走得遠了，卻還是忍不住停了下來，遙遙回望了一眼。

解青鱗還站在迴廊外，小橋邊，用他泛著異彩的眼睛默默看著自己。

直到傅雲蒼遲疑地走遠不見，解青鱗才勾起了嘴角。他伸手在花圃中摘取了一枝白菊，放在面前輕嗅。

「春心莫共花爭發，一寸相思一寸灰。」輕聲細語之中，菊花揉進掌心，化作了片片殘瓣落到地上。

6

傅雲蒼獨自一人坐在窗前，看著窗外清冷卻也柔和的月光。

縱然是在萬籟俱寂的深夜，對著本應令人心平氣靜的景物，但傅雲蒼的心裡，卻有著千百樣的心思流轉著。

他知道自己很蠢，不過是一句再平常不過的話，也能聽成了別有用意。可是……還是忍不住那麼去想……

用手枕著頭，傅雲蒼靠在窗邊淡淡地笑了出來。

他說……雲蒼對我來說很重要……

不管是什麼意思，他只說了「重要」，就能讓自己的心底有一種暖流湧動著。算了，只要日後想起時，心中能是這樣溫暖的感覺，何必爭什麼朝夕？

這樣就足夠了……相思，最是無益。不若淡然地想著，也許時日久了，也能看得開了……

「雲蒼。」隨著風，有輕輕的喊聲傳進了他的耳中。

傅雲蒼的笑容驀地僵在了唇邊。他緩緩抬起頭，看見扶疏花影裡，站著一個修長身影。

「是你？」傅雲蒼站了起來：「這麼晚了，你不去休息，站在我院裡做什麼？」

解青鱗慢慢從暗處走了出來，朦朧的月光照射在那張神情有些黯然的臉上，傅雲蒼心裡一動，剛剛平靜下來的心又騷動了起來。

「我睡不著。」解青鱗朝他笑了一笑：「只是想來看看你，不知不覺就走過來了，希望沒有打擾到你休息。」

「不！」傅雲蒼轉開了眼：「我還沒睡。」

「你……在想些什麼？」想了想，解青鱗才補充說：「我看你最近好像有心事，能和我說說嗎？我們……總算是好友……」

「我能有什麼心事？」傅雲蒼勉強地笑笑：「我看你這幾日倒是有些反常，一付心事重重的模樣，那又是為了什麼呢？」

「我……的確是有些事總也想不明白，也許現在是明白了，可是……」解青鱗追逐著他的目光，用一種令他心慌意亂的眼神盯著他：「雲蒼，最近你為什麼總是避著我？為什麼總是對我這麼冷淡？」

「你太多心了。」傅雲蒼垂下了目光：「解大夫的看重我很高興，可是說迴避冷淡，我怎麼會那麼做呢？」

「真的沒有嗎？雲蒼，在你心裡，我算是什麼呢？」

傅雲蒼心一顫，不可置信地看著他。

這麼問……是什麼意思……

「你……是我的恩人……」傅雲蒼強自鎮定地回答：「無論如何，我今日能這麼健康，都是仰賴解大夫妙手回春。」

「你心裡只把我當成了恩人？」解青鱗一把抓住他的手臂，有些激動地問：「只是恩人嗎？」

「不然會是什麼？」傅雲蒼被他抓得有些生痛，心裡更加緊張。

「我不信你真不明白！」解青鱗深深地看著他：「雲蒼，難道你真不明白我的心意嗎？」

傅雲蒼完全愣住了。

見他目瞪口呆的樣子，解青鱗卻是笑了，放鬆了對他的鉗制。

「雲蒼。」解青鱗輕輕握住傅雲蒼的手，拉到自己的面前，平攤開了他的手心，把自己的手掌覆了上去。

「雲蒼，那天晚上，你說要贈我月色，我心裡是明白的。」解青鱗輕柔地對他說：「可是我不敢相信，所以才裝作不懂。其實當時我是想說，不要說是一握月色，如果我能做到，我真想把天下的珍寶都拿來送你。」

傅雲蒼看著他緊握著自己的手，心裡一片恍惚。

這……不是在夢中吧！為什麼突然之間……

「你騙我！」出乎解青鱗的意料，傅雲蒼再一次揮開了他的手。

「要真是你說的那樣，你為什麼要贊成我娶林家小姐？」提到這個，傅雲蒼的臉上還是露出了痛苦的表情：「你不是贊成我娶她嗎，現在又來說這些做什麼？解青鱗，你這還不算是在作弄我？」

「雲蒼！」解青鱗臉色都變了：「你聽我解釋，我當時……我當時是因為……」

「你是在和我說笑嗎？」傅雲蒼冷冷地說：「解青鱗，我這一生，最最痛恨被別人耍弄。你若只是在和我說笑，到這裡也就夠了。」

傅雲蒼迎著月光，臉色已是一片蒼白。解青鱗心口一痛，覺得不知有什麼東西，正從這個人的眼睛裡偷偷跑進自己的胸口。

「雲蒼！」他忍不住想要抓住那雙逃開的手。

傅雲蒼忍住心口陣陣的顫抖，把雙手藏到了自己的身後。

「不是這樣的！」解青鱗喃喃地說：「我只是覺得……那對你來說更好一些……可是我現在後悔了，我後悔了……」

冷不防地，傅雲蒼只覺得眼前一花，整個人隔著窗戶被摟進了解青鱗的懷裡。

「你做什麼！」他慌亂地用手撐著窗框，上半身重心不穩地靠在解青鱗的身上。

「雲蒼，不要娶她。」解青鱗在他耳邊說：「你不會娶她的，對不對？」

那聲音輕柔，帶著說不明白的蠱惑，聽在傅雲蒼耳中，讓他不由自主地停下了掙扎的動作。

「你會娶她嗎？」解青鱗捧起了他的臉，眼睛裡閃耀著深邃的光芒：「答應我，你不會娶她的！」

傅雲蒼迷迷糊糊就要答應他的時候，手腕突然一熱，讓他整個人清醒了過來。

「不行！」他推開摟著他的解青鱗：「我不能答應！」

解青鱗皺了皺眉，目光轉過，看見了自傅雲蒼衣袖裡隱約溢出的光芒。

這礙事的東西！

「今天你說的話，我會當作沒有聽見！」傅雲蒼咬咬牙，堅定地說：「你最好也忘了。你要知道，不論是真是假，這都是不應該發生的。」

說完，立刻反手關上了窗。

「雲蒼！」解青鱗在窗外喊著：「你不要這樣，你聽我說……」

「不用再聽了。」傅雲蒼靠在窗上，閉起了眼睛：「夜深了，你回去休息吧。」

解青鱗像是還想說些什麼，卻終究沒有說出來。最後，所有的話都變成了一聲沉重的嘆息。

傅雲蒼的心一緊，閉著的眼前充滿了混亂的色彩。直到窗外沒了聲響，他才慢慢地滑坐到地上，靠著身旁的椅子，用手捂住了發痛的頭顱。

怎麼辦？怎麼辦才好？他……居然知道自己的想法，還說他也……

為什麼突然之間，所有的事情都混亂了？明明打定主意要淡忘了，要看開了，怎麼又成了這樣？他還說他不願看見自己娶妻，他真的是……

傅雲蒼用力按住自己的胸口，只怕那飛快的心這就要從喉嚨裡跳出來了。

解青鱗的眉宇之間漾著淡淡懊惱，怨怪自己怎麼這麼心急，居然連這種法子也用出來了。

還是要怪這傅雲蒼，明明心裡對自己存了情意，偏偏要強自壓抑，也不知是在彆彆扭扭鬧些什麼？

不過，轉念一想，這人的心要是輕輕鬆鬆就能握在手裡，又怎麼值得費這麼多的心思？

傅雲蒼，我等著看，這「情關」你到底過不過得了！

到後來，唇邊換了嘲諷的笑容。

解青鱗轉身要走的時候，不經意看見了地上被月光照出的影子，下意識地抬頭看了看明亮的月色。

不知何時，才會有人願贈我一握月光？

信手揮了一揮，一片烏雲飄來，遮住了天上的明月。廣袤天地間，再沒有什麼光亮……

傅雲蒼返回家裡，剛走近大廳，就聽見廳裡有人講話。那熟悉的聲音讓他的心漏跳了一拍，禁不住放慢了腳步，想聽聽究竟在說些什麼。

「是，我也打擾不少時日了。」那個聲音還是和往日一樣帶著笑意，卻也有些沙啞：「公子的身體已經穩定，日後只需注意調養，再不會有什麼問題了。」

「這還是多虧了大夫，要不是你，雲蒼的身子也不會好得這麼快。」那是自己父親的聲音：「我也知道解大夫這樣的奇人不喜拘束，只是沒想到這麼快就要離開惠州。」

「誰要離開惠州了？」傅雲蒼踏進大廳，嘴裡這麼問，眼睛卻看著坐在大廳裡的解青鱗。

解青鱗看見他，先是眼睛一亮，卻又飛快地收回了目光。

「雲蒼，你回來啦！」傅老爺迎了上來：「正巧解大夫來辭行，說是要去遊歷山川，我正為難呢！」

傅雲蒼剛去了一趟白梅嶺，在屋裡見到了疏影多日之前的留書，也說是要出外遊歷。本想找她談談，好舒解心中的鬱結，可沒想到……現在連鬱結的根源都要離開了。

「你要走了？」傅雲蒼目光複雜地看著他，心裡不知是什麼滋味：「準備什麼時候走？」

「就這幾日吧。」解青鱗站了起來。

「那……何日歸來呢？」傅雲蒼期期艾艾地問。

「我也不知道……也許，就不回來了。」解青鱗有些尷尬地笑著：「我這樣的人，本就習慣了四處飄泊。」

「是嗎？」

「那不如再待上一個月，反正雲蒼就要成親，解大夫喝了喜酒再走吧！」

傅老爺一說完，就發現自己被兩雙眼睛盯住了。

「爹，不要勉強解大夫，這種小事怎麼能耽擱他的行程？」傅雲蒼垂下了眼睛：「他要走就讓他走好了。」

解青鱗動了動嘴唇，也只是低聲嘆了口氣。

「解大夫你一路保重，我就不送你了，」

傅雲蒼心裡鬱悶，冷冷淡淡地說完就走了出去。

「這是……」傅老爺愕然地看著自己兒子失禮地走了，剛想回頭打個圓場的時候，卻又不見了解青鱗，只留下了他一個人呆呆地站在了大廳裡面。

這一夜，傅雲蒼依舊是獨自一人坐在窗前。

這是最後一次了，傅雲蒼告訴自己。明天……就是成親的日子……所以，這一夜的月落之後，要把一切不該記得的事情全部忘記……

走了，也許是最好的結果。斷了這想念，也許才是最好。

什麼都很好，什麼都很好……

可是……

天上月色明亮，今天是臘月十五吧！

時間過得真是很快，人這一生，如白駒過隙一般，這一刻還有的心思，到了鬢白如雪的時候，還會不會記得呢？

心中的情愛相思，雖像火一樣在焚燒五內，卻偏偏來得毫無道理，也許，只是一場錯覺……

眼見片片飛絮從天上落下，伸手接了，才知道是雪。

臘月十五……那滿目白雪，那一片寒梅……

依稀，有人說：「今日折梅相贈，望他日還能有緣相遇。」

青鱗……

傅雲蒼捂住嘴，輕輕咳了一聲。

他不在意地用手巾擦掉了手上和唇上的血跡，依舊靠回了窗邊。

不要去想這個名字了……和這個人有緣……只是有緣相遇……

雪漸漸下得大了，天上明月也了無蹤跡，傅雲蒼苦澀一笑，站了起來，準備關上窗戶。

在最後一眼時，瞥見了遠遠站著一道黑影。那黑影一動不動，要是不注意還只當是一個影子，可沒有一個影子會有在黑暗裡也隱約閃爍光亮的眼睛。

有那雙眼睛的是……

「青鱗。」傅雲蒼不敢相信地喊著這個名字。

那影子震動了一下，傅雲蒼想都沒想，就開門跑了出去。

雪落在身上冰涼，他的心裡卻像火一樣燒了起來。什麼都亂了，什麼都忘了……忘了還在說已經忘記……忘了還在想就此結束……

不該去的，不該去的！

可是，心中這麼叫囂，雙腳卻像是有自己的意志，跑向了那個佇立不動的身影。

「青鱗？」他跑到了那個人面前，愣愣地問：「你怎麼……」

話還沒有說完，就被那人緊緊地抱在了懷裡。

「雲蒼……」那人的聲音沙啞得不像樣子，還帶著些許顫抖：「雲蒼，雲蒼……和我走吧，和我離開這裡……雲蒼……」

「好……」傅雲蒼有些暈眩地回答。

看見解青鱗一臉狂喜的樣子，他突然意識到自己答應了什麼。

「不行！」他猛地推開了解青鱗。

「雲蒼！」解青鱗急了，一把抓住他的肩膀：「你為什麼不答應我？你明明對我有情，為什麼到了現在還不肯承認？難道你真的想要娶那個女子？我不相信！我不相信！」

「我為什麼不跟你走……你真的不明白嗎？」傅雲蒼輕輕地掙脫了他：「你我之間相互吸引，這讓我覺得害怕。」

「害怕？為什麼？」解青鱗拉住他的衣袖，不解地問。

「我這個人，天生對情感要比別人淡漠遲鈍。親緣、生死，我都可以淡然地看待，這樣的我，卻對你有著不一樣的感覺。」傅雲蒼摸上了自己的胸口：「我覺得這裡很痛，每次多見你一次，那痛就越發強烈。我有預感，要是我放任自己和你接近下去，這種痛苦遲早會讓我們兩人屍骨無存。不是相思……那就像是宿命一樣的感覺……」

解青鱗愣住了。

「青鱗，放過我吧。」傅雲蒼從他手裡抽回了自己的衣袖：「我總覺得，我們互相錯過，才是最好的結局。」

解青鱗什麼都沒有說，只是重新把他抱回自己的懷裡。

「跟我走！」解青鱗在他耳邊輕聲地說：「我知道，你會答應的！你愛著我呢！只是這一句就已足夠了。」

只是這一句就足夠了嗎？

「青鱗，你走吧，我不會答應你的。」傅雲蒼閉上了眼睛：「不說其他，你我都是男子，世俗怎能容納得下？你醫術精湛，前途不可限量，何必為了我這個一無是處的人毀了鴻鵠之志？」

「那有什麼關係？我們只要遠遠地離開了這裡……」

「離開這裡？能去哪裡呢？」傅雲蒼迷茫地看著他：「要是有一天，你後悔了呢？世上總有些事是你無法挽回的，比如……這虛無的情感……它來得毫無理由，要是去得也無聲無息，那是多麼殘酷的事啊！」

解青鱗不由得放開了他，傅雲蒼順勢後退了一步。

「青鱗……保重！」傅雲蒼朝他淡淡一笑，行了一禮：「你折梅相贈，雲蒼這一世都不會忘記的。」

他轉身回到了屋裡，關窗，熄燈，再無聲息。

解青鱗站在原地，默默地看著這一切。

「我不會輸的。」良久，他自言自語似地說道：「傅雲蒼，我不會輸的！我偏不信，還能輸給一個凡人！」

那張臉上的表情，已經是一種偏執……

臘月十六，五行火日。諸事皆宜，百無禁忌。

婚嫁，鑼鼓喧天，賓客如雲。

「少爺！花轎就要到了。」莊管家在門外說著。

「我知道了。」他揮了揮手，從窗前站了起來。

經過屋裡的鏡子，他看見了自己一身喜氣的紅衣卻滿目悲苦的模樣，心裡又一陣惻然。

走到大廳的時候，喧譁有一刻的停止。他也不在意這些，只是直直地走出了大門。街道那頭，遠遠傳來喜樂……

紅綢那頭，是一個嬌小羞怯的身影。

下轎的時候，魯魯莽莽地絆了一下，要不是及時被人扶住，差點就摔進了火盆。

好大聲的道歉，看得出來她很緊張。

看見她瑟縮著被媒人輕聲數落的樣子，傅雲蒼淺淺地勾起了嘴角。

「一拜天地！」

新娘子踩到了自己的裙襬，一下往前倒了過去。這一下，可真是實實在在的「拜」天地了。

他及時地伸出手，把那個就要五體投地的新娘子一把撈到了懷裡。

「妳沒事吧？」在四周一片沉寂的時候，一陣輕笑從他的嘴裡傳了出來。

紅色的頭巾已經落到了地上，新娘子回過頭來看他。那一雙清清亮亮的大眼睛，與其說是新嫁娘，更像一個單純的孩子。

「你就是我相公？」新娘子眨著大眼睛，傻愣愣地問他：「你不是妖怪嗎？看起來長得和人一樣啊！」

整個廳裡到處是抽氣聲，他甚至看見爹和大娘已經快要暈倒了。

這個莽撞直爽的姑娘，就是要和自己相伴一生的人嗎？也許，老天待我，並不是那麼殘忍……也許……

「我不是妖怪。」他真心地笑了起來：「我是人，當然長得像個人了。」

「真的嗎？」新娘子好奇地伸出了手：「我能摸摸你嗎？」

就在他要點頭說好的時候……

「雲蒼……」

他的臉剎那之間變得慘白一片。

所有人都看向了門口。

一個淡綠色的身影正站在那裡。

俊美高傲，風采不凡，帶著超脫世俗的飄逸，這是一個絕不尋常的人物。

他就這麼風采飄逸地走進了大廳，自自然然地走到了一對新人的面前。

「這位姑娘。」那人朝新娘子行了個禮，彬彬有禮地要求著：「請放開他。」

「喔！」新娘子急忙從新婚夫婿的懷裡站直了起來。

「解大夫！你來了啊！」傅老爺急忙迎了過來，滿面笑容地說：「來得可正是時候！」

「不錯，正是時候。」解青鱗說著話，目光卻是片刻也沒有離開一身紅衣的傅雲蒼：「雲蒼，我來了。」

「你……來這裡做什麼？」他的心裡慌作了一團。

「我來，當然是來找你的。」解青鱗朝他伸出了手：「你我相愛至深，你怎能娶她？雲蒼，和我走吧！」

四下譁然。

誰也沒有想到，這個看起來風采有如謫仙的男人居然是來……搶新郎的！

但解青鱗只是目光一掃，大廳立刻安靜了下來。

咚的一聲，傅老爺不堪刺激，已經昏倒在了地上。

「你胡說……」傅雲蒼微弱地想要辯駁。

「雲蒼，我已經想得很清楚了。」解青鱗朝他微笑著說：「為了你，我可以什麼都不顧。只要有你，解青鱗一生別無他求。」

傅雲蒼看著他朝自己伸出的手，退了一步。

「雲蒼！」解青鱗更朝前走了一步：「和我一起走吧！」

「你居然……這麼逼我……」傅雲蒼混亂地看著他：「你為什麼要這麼做？」

「雲蒼，從第一眼見到你，我就知道這一生，我的眼裡再也容不下別人。」

解青鱗溫柔地笑著：「要是得不到你，我這一生也不甘心。你若是娶了她，我現在就死在你的面前，你真的忍心看我為你而死嗎？」

「你！」傅雲蒼不由自主地向前走了一步。

「我就知道你捨不得的，雲蒼！」解青鱗笑著把他摟進了自己的懷裡。

「你……為什麼要這麼逼我……」傅雲蒼皺起了眉，無力地說著：「我已經和你說得那麼清楚了，你為什麼還是要來？」

「不論你說什麼，我只知道我不能讓你娶她，要是你娶了她，我就輸了……」解青鱗輕柔地說著：「你要明白自己心裡究竟想要的是什麼，你我的相遇要是宿命，那為什麼又要違背？只要你現在說一聲不愛我，我立刻掉頭就走，只要你說得出來……」

「我……我……」傅雲蒼用力地閉上了眼睛：「你這麼做……又是何苦呢……」

「我說了，解青鱗是為你傅雲蒼而來的，除了你，我什麼都不要。」解青鱗堅定地說著：「和我走吧，雲蒼！」

傅雲蒼離開了他的懷抱，愣愣地看著他的眼睛。

這雙眼睛深邃難測，卻滿含著期盼……

「解青鱗。」傅雲蒼認認真真地問他：「你真的想讓我和你走嗎？」

「是啊。」解青鱗用手輕撫著他瘦削的輪廓：「雲蒼，和我一起走吧！不論天涯海角，不論時光流逝，我們都會在一起的。」

「天涯海角，時光流逝……」傅雲蒼低下了頭，輕聲地重複著。

「雲蒼……」

他說天涯海角……他說一直要在一起的……和他一生一世相守……如果能和他相守一生……只要能和他相守一生……

「好！我和你走。」傅雲蒼抬起頭的時候，蒼白的面容帶著釋然的微笑：「解青鱗，只要你記得今時今日在這裡對我所做的承諾，不論天涯海角，我都會和你在一起的。」

他毫不猶豫地面朝坐倒在地的父親跪下，恭恭敬敬地磕了三個響頭。

「爹，孩兒不孝！」傅雲蒼看著自己的父親：「我這一生只會愛這一個人了，請父親成全我的任性，讓我隨他去吧！」

說完，他站起身，拉著解青鱗就朝門外走去。

「攔住他！攔住他們！」終於回過神來的李氏急忙喊道：「來人啊！快把少爺攔住！」

「算了！」坐在地上，一直沒有說話的傅老爺重重地喊了一聲。

「老爺！」李氏連忙跑到他身邊：「你怎麼能……」

「我說算了！」傅老爺狠狠地說：「你給我滾！我就當沒生過你這個兒子！」

沒有轉身的傅雲蒼苦澀一笑，用力地抓緊解青鱗的手，穿過人群，走出了傅家貼著大紅喜字的大門。

終於為了這個男人，把什麼……都捨棄了……

「雲蒼。」

抬起頭的時候，他看見了解青鱗的微笑。解青鱗笑得那麼開心，那麼開心……

像是贏得了一切……

7

傅雲蒼躺在車裡，隱約覺得馬車停了下來。他迷迷糊糊地睜開了眼睛，捂著自己的胸口，抑制著心上一陣陣的絞痛。

「青鱗……」他輕輕地喊了一聲。

靜等了一陣，也沒見有什麼回應。他坐了起來，撩開車簾，刺目的雪白讓他眼睛一痛，那是月光照射在雪上的顏色。

「青鱗！」他提高了聲音喊道：「青鱗，你在嗎？」

青鱗不是說先要帶他去城外的一處屋子，然後再作打算？

這裡……不是白梅嶺嗎？難道說疏影回來了？

定了定神，他走下了馬車。

四周安靜地出奇，白雪寒梅，這美麗的景致卻令他有了一種不安的感覺。

青鱗怎麼會把自己一個人留在車上？青鱗他……

「青鱗……」依稀看見了遠處的崖邊站了一個身影，他慢慢走了過去。

「青……」到了身前，想喊他名字，卻沒有能再喊出來。

這個人……

「是誰？」傅雲蒼扶著石桌，看著眼前這個背對著他的男人：「你是誰？」

「你醒了嗎？」

「青鱗？」這聲音明明是青鱗的不錯，可是這個人……

這個人回過了頭，對他笑了一笑，問他：「你睡得可好？」

傅雲蒼晃了一晃，差點站不穩了。

這個人……不是……

「我是青鱗。」這個人把一縷被風吹亂的長髮夾在指間，動作優雅好看至極：「不過我不是解青鱗，我就叫做青鱗。」

長長的頭髮在夜風中飛揚舞動，俊美的五官還是帶著微笑。可是，這不是青鱗。

雖然近乎黑色，但這個人的頭髮在月光下閃爍著明顯的暗綠。

還有眼睛，他的眼睛……

「青鱗……」

「是我啊！」青鱗一步步地靠近了過來：「你覺得我這個樣子可怕嗎？」

「你不是青鱗……」傅雲蒼搖著頭：「你不是……青鱗呢？青鱗……你把青鱗還給我！你這個……」

「妖怪？」青鱗笑了一聲：「你想說我是妖怪對不對？」

傅雲蒼看著他，整個人完全呆住了。

「對，我是妖怪不錯。可青鱗一定是人嗎？你肯定青鱗就一定不是妖嗎？」青鱗已經走到了他的面前：「雲蒼，我是青鱗啊！你看看我，你一定認得出我的，對不對？」

傅雲蒼不由自主地在他的眉眼之間尋找著熟悉的痕跡。青鱗的眼神……青鱗的笑容……青鱗……青鱗……是一個……

「妖！青鱗是妖！」青鱗替他說了出來，然後嘆了口氣：「雲蒼，你現在知道你愛著的青鱗是一個妖，你準備怎麼辦呢？」

「妖……」覺得手腕一熱，傅雲蒼連忙捂住手腕，制止了躁動的琉璃。

「你準備殺了我嗎？」看著他指縫間透出的光華，青鱗像是毫不在意地問他：「雲蒼，你想殺了我嗎？」

「你為什麼要這麼做？」傅雲蒼呆滯地看著他，喃喃地問：「青鱗……你為什麼要瞞著我……」

「我告訴了你，你會怎麼樣呢？恐怕會立刻讓我魂飛魄散吧！」青鱗伸手摸上了他沒有一分血色的臉龐：「雲蒼，你是一個狠心的凡人呢。」

「青鱗……」傅雲蒼抓住他的手，用力緊握著：「你既然要瞞著我，為什麼現在又要告訴我？」

「雲蒼，如果我說我真的深愛著你，你會不會介意我是個妖？你會不會繼續和我在一起？」青鱗收起了笑容，真真切切地問他：「雲蒼，你會不會因為我是妖，而不愛我了呢？」

「你是……妖……」傅雲蒼的手一顫。

「不錯，我就是妖！」

「不……就算你是妖……」傅雲蒼垂下了眼簾：「你是青鱗……我怎麼會殺你……」

「那你還會和我在一起嗎？天涯海角，永不分離？」青鱗懇求似地看著他。

傅雲蒼看著自己手裡抓住的青鱗的手，那雙修長瑩白、堅定有力的手。

青鱗的手……這是青鱗……說著天涯海角，永不分離的青鱗……

「你是青鱗……」傅雲蒼說：「不論你是人是妖，你就是青鱗。我說了和青鱗天涯海角，永不分離，就是和你天涯海角永不分離。」

淡淡的聲音縈繞在風裡，卻是那樣清晰分明。

「沒關係的，青鱗。」傅雲蒼抬起了頭，帶著倦怠的、蒼白的笑容：「就算你是妖，我也會和你在一起。」

回應他的，不是溫暖的懷抱，是一個有些冰冷，有些嘲弄的聲音。

「真可惜！」那個聲音這麼對他說：「我卻從來沒有想過要和你在一起。」手被從他的掌心抽離，傅雲蒼又晃了一晃，再也站立不住，終於捂著心口坐倒在了身後的石椅上。他的臉，比雪還要白，他的嘴唇，一瞬成了深紅。

「為什麼……」

「傅雲蒼，你知道我是誰嗎？」青鱗身上墨綠色的衣服在風裡舞動，這一刻的他，看起來就像來自九天外的可怕神魔：「你還記得在困龍谷裡遇到，那個叫做翡翠的妖精嗎？」

翡翠……翡翠……困龍谷……妖精……

「你殺了她，實在是太可惜了，她這麼妖嬈嫵媚，你也下得了手？你這人還真是不懂得憐香惜玉啊！」青鱗張狂地笑著：「不過，你有斷袖之癖，也難怪你不懂得欣賞美麗的女人。」

「翡翠……誰……」

「雖然翡翠算得上咎由自取，不過再怎麼說她也是我的人，你殺了她，不就是在和我作對嗎？」青鱗的聲音變得輕柔起來：「你說，你這麼公然地和我作對，我怎麼可以輕易地就放過你了？」

「你……她是你的人……」傅雲蒼只聽見了這句。

他想起來了，那一夜，那一個想要殺他的妖精……嫵媚妖嬈……

一股腥甜的液體猛然湧上了他的喉嚨。

「你是在捉弄我……」傅雲蒼盯著他的眼睛：「青鱗，你這是在捉弄我……

為了報復我殺死了那個妖精……你報復我……」

「不是報復，這怎麼能說是報復呢？」青鱗搖了搖頭，心情很好地說：「這是個玩笑，最多也只能說是一個遊戲。我贏了，而你，輸得一敗塗地。」

「那你為什麼要對我說，你是為我……」

「解青鱗是為你傅雲蒼而來的。」青鱗替他說完，臉上帶著惋惜的神色：「只可惜，這世上根本沒有解青鱗這個人。」

「你騙我！」再也沒有忍住，一口鮮血就這麼從傅雲蒼的嘴裡吐了出來。

「我當然是在騙你。」青鱗嘆了口氣：「你也不想想，我為什麼會愛上一個男人？你從來沒有照過鏡子嗎？你以為你這種模樣，也能讓我傾心？」

傅雲蒼放在胸口的手垂落了下來。

輸了，一敗塗地……因為這個人，不，這個妖……

他居然敢這麼對我，他怎麼敢！可惡！可惡！可惡！

手上的琉璃突然之間閃爍出千萬光華，慌亂之中，傅雲蒼直覺地用另一隻手捂住了琉璃。

一陣鑽心的痛從手心裡傳了過來。

光芒居然透出了手背，直往青鱗射去。

「不！」傅雲蒼大叫。

七彩光華，卻只是讓青鱗的笑容看起來更加清晰。他的手在半空虛畫了一個半圓，光芒像是撞上了一面無形的鏡子，四散反射到了空中。

這一個照面就讓翡翠不治的光芒，在青鱗輕描淡寫的動作下，成了無用的焰火……

「別白費力氣了。」青鱗對他說，帶著憐憫：「就算給你這琉璃的人親自動手，我也未必會輸。哪怕我想讓你殺我，你也沒那個本事。」

傅雲蒼鬆開了手，卻發現手心已鮮血淋漓。

「怎麼會……」

「啊，我忘了告訴你。」青鱗也看見了他手上的傷：「你最好不要繼續戴著那個東西了，那是鎮妖的寶物。你身體漸漸妖化下去，只會讓它也跟著死去，白白浪費了這麼好的法器。」

「什麼？」他眼看腕上的琉璃光芒暗淡了下去，聽到了奇怪的話：「妖化……」

「傅雲蒼，你都知道我是為什麼找上你的，就沒有想過，那『金風玉露』……」

「那是什麼？」傅雲蒼厲聲追問著，語調卻微微發抖。

「你看，你吐出來的又是什麼呢？」青鱗指了指他面前的雪地。

他低下了頭。潔白的雪上，鮮紅的血跡。

不是……不只是血，那是……

蛇！

細細長長的血色的蛇，扭曲著盤繞在一起，看起來像是鮮血，卻是蛇……

「那本是我用來煉妖的藥物，要是凡人吃了，也會慢慢地變成妖。」青鱗手一揮，一條蛇飛上了他的手掌，在他的指間緩慢滑動著：「恭喜你，再過一陣子，你就會變成你生平最討厭的妖物之一了。」

傅雲蒼伏在桌邊嘔了起來。他大口大口地嘔著血，像是要把全身的血液都嘔吐乾淨一樣。

「沒有用的，就算你抵不住先死了，你的魂魄身體還是會妖化，然後變作美食，千鬼萬妖，啃食殆盡。」青鱗手一握，血蛇化作了一片紅霧，在空中消失無蹤：「和我作對的人，只能是這樣的下場，傅雲蒼，你現在知道了嗎？」

「不過，看在你對我痴心一片的分上……」他話鋒一轉，又說：「如果你願意求我，我也許會救你一命。」

聽到這裡，傅雲蒼突然停下了嘔吐。

「這是場遊戲，不是愛情。」傅雲蒼抬起衣袖，輕輕擦掉了嘴邊的血漬：「是我太過不自量力，以為自己值得一份真情。你說得對，我不過是個醜陋的、一無是處的男人。」

在青鱗有些訝異的目光裡，傅雲蒼抬起了頭，他竟是在微笑著的。

「我輸了，一敗塗地。」傅雲蒼站了起來，站得那麼穩：「你贏了，贏得徹徹底底。」

「解青鱗……不，青鱗！」傅雲蒼看著他，目光一片冰冷：「什麼天涯海角，什麼永不分離……你不值得！你不值得我愛……」

有些失常的笑聲裡，傅雲蒼掉頭離開。

走到一株梅樹下，他停了下來。伸手折了一枝梅花，他拿在手裡看了看，然後回身擲到了青鱗的腳下。

「我把這個還你。」傅雲蒼臉色依舊蒼白，可神情裡已經不見了剛才的軟弱：「你不過送我一枝梅花，我現在還給你。我們之間，再不拖欠。」

青鱗彎腰撿了起來，輕笑著揉碎。

傅雲蒼也笑了，笑著轉身，笑著離去。他一步一步地走著，一字一字地念著：「數萼初含雪，孤標畫本難。香中別有韻，清極不知寒。橫笛和愁聽，斜技倚病看。逆風如解意，容易莫摧殘。」

那是解青鱗第一次遇見傅雲蒼的時候，所念的那首詩。

那時，解青鱗對傅雲蒼說：「我能和公子相逢於此，必定是有前世的宿緣。今日折梅相贈，望他日還能有緣相遇。」

「海上生明月，天涯共此時。情人怨遙夜，竟夕起相思。滅燭憐光滿，披衣覺露滋。不堪盈手贈，還寢夢佳期。」

那是傅雲蒼在明亮月色下，為解青鱗所念的詩。

那時，傅雲蒼想說：「不知何時，你才會願贈我一握月光？」

無趣！

青鱗看著，聽著，冷冷哼了一聲。

這人真是倔強，就算是輸了也不痛痛快快的。就算傷心至極，也擺出一副說放就放的樣子。不過是硬撐，不肯認輸罷了！

沒關係，我就不信，生死關頭，你不來求我！

踏出圍欄，他憑空飛起，不過轉瞬，就消失不見。

風裡傳來了反反覆覆的詩句，雪地上灑落著斷斷續續的鮮血。

「昨夜星辰昨夜風，畫樓西畔貴堂東。身無彩鳳雙飛翼，心有靈犀一點通。隔座送鉤春酒暖，分曹射覆燭燈紅。嗟余聽鼓應官去，走馬蘭台類轉蓬。」

這是傅雲蒼和解青鱗最後一面時所念的詩。

這時，傅雲蒼決定，從此以後，和青鱗折梅斷情，再不相見。

傅雲蒼走回了惠州城。他也不知道是什麼支持著自己走了這麼長的路也沒有倒下。

走到家門前時，那紅豔的囍字依舊張貼在大門上，傅雲蒼卻和昨日捨下這囍字離去時的那個傅雲蒼完全不同了。

他站在日出時分冷冷清清的街道上，看著那嘲諷似的鮮紅。

人生如夢，人生如夢……想著想著，眼前一暗，再也沒有了知覺……

傅雲蒼大病了一場，所有被請來為他看病的人都搖頭，說要準備後事了。

「這人心都死了，哪裡能救得活？」最後一個大夫是這麼說的。

傅雲蒼看上去不像是說的這麼嚴重，他安安靜靜地待在自己的院子裡，照常起居，就和以前一樣。

除了隔三岔五，他會突然之間吐血以外……可吐完以後，他還是安安靜靜地找人來收拾，然後繼續做之前在做的事情……

元月十五，五行金日。諸事不宜。

這一天，傅雲蒼的精神格外地好。入夜時分，他找來了這些日子不願見面的父親，什麼都沒有說，只是恭恭敬敬磕了三個響頭。

他父親老淚縱橫，卻也沒有辦法開解唯一的獨子。

送走了父親，他找人把他送上了城北的棲鳳山。到了一處梅林，他差走僕人，一個人提著燈籠走了進去。

青石小路，白雪白梅。他走走停停，終於穿過了梅林，到了那片崖邊。石桌石椅，一株老梅，卻再不見有什麼粉牆烏瓦的小屋。

他走得累了，放下燈籠，在桌邊坐了下來。

「疏影。」崖上沒有半個人影，他竟是對著那株白梅在說話：「我知道是妳。」

有風吹過，白梅上的積雪紛紛揚揚落了些下來。

「其實我早就該想到的，妳怎麼會是一個凡人呢！白梅嶺上住著美麗的花仙，我都忘了有這樣的傳說呢。」他笑了笑：「我知道妳不能出來見我，妳就不必出來了。我今天來是求妳幫我做一件事，妳如果可以幫就幫，不能幫也就算了。」

他動手解下自己手腕上綁著的那塊琉璃，放在了桌上。

「這東西我已經戴了十年，也許真是它讓我活到了今天，我最近卻開始怨恨把它給我的那個人。」傅雲蒼摸著琉璃，冷漠地說：「不過是一個早就該死的人，何必讓他多活這麼多歲月，早早地死了不是更好？」

風吹熄了他腳邊的燈籠，四周一下子黑暗寒冷起來。

「不過，我還是要死了。」他自嘲地說：「也好，總算是走到了頭，不論是好是壞，都要結束了。」

暗沉的天空突然明亮了起來，原來是烏雲散去，露出了月光。

「今夜月色真美。」傅雲蒼抬頭看了一看：「這種時候死，倒也風雅。」

月光……虛無美麗……

「疏影，幫我把這個交給他。」傅雲蒼揚了揚手裡的琉璃：「告訴他我死了，告訴他，他終於贏得徹底。」

「還有……」傅雲蒼笑著說：「告訴他，他是我這一生最恨的人……也是我一生最愛的人。」

愛和恨啊……

「疏影，妳聽過嗎？」他站起來，走到崖邊，山風吹得他衣衫飄蕩：「直道相思了無益，未妨惆悵是清狂……這相思真是無益又煩惱，還是不要的好……可是，能說不要就不要該有多好……」

回頭看了石桌上的琉璃一眼，視線開始模糊起來。

他坐了下來，靠著圍欄坐在地上。抬起頭，月華清亮，於是伸出了手，在空中輕握。

他喃喃地說：「不知何時，才會有人願贈我一握月光？」

「青鱗……」他幽幽地念了一聲。

猝然地，手落了下來，落到了地上。掌心打開，除了那琉璃織下的印痕，空無一物……

白梅後走出了一個素白的身影，清麗的臉上滿是淚痕。

「雲蒼，你這人……真是痴傻！」梅疏影走到他的身邊，在他身邊跪坐下來：「他那麼殘忍，絲毫不懂珍惜，哪裡值得你這樣地去愛？」

輕輕幫他合攏手掌，放回他的胸前。看著他安詳的容貌，梅疏影嘆了口氣，轉身拿起一旁桌上的琉璃，轉身失去了蹤影。

傅雲蒼知道自己死了。

他聽見自己最後的那一聲心跳。

終於結束了，他告訴自己。什麼妖魔鬼怪，什麼愛恨情仇，終於要結束了……

千鬼萬妖，啃食殆盡……好討厭的死法！不過這樣也好，乾乾淨淨，毫無痕跡……

雖然死了，他還是聽見了疏影對他說的話，他也看見疏影拿走了他留下的琉璃。

都結束了……

一陣風吹來，把他吹上了半空。他低下頭，看見了那個躺在崖邊的身影。

還來不及做何想法，又一陣風，把他捲出去老遠。

飛翔！在月色裡飛翔！

明月就在身邊，幾乎觸手可及。腳下山川河流，轉瞬即逝。他忍不住有了一種奇怪的感覺。

能夠翱翔天際，就這樣飛著……再不想其他……有什麼能比在天上徜徉更加重要？

那些該忘記的事、不該記得的事，再不要想……

8

日日夜夜，在天上徘徊……日日夜夜，日日夜夜……

「你是誰啊？」有一個聲音在他耳邊響起。

他猛地一驚，朝身邊看去。

月下，滿目黑紗飛舞。那是一個穿著黑色衣服，在半空中飛行的人，那人滿臉的好奇。

「你很眼熟。」那個和他一樣在天上飛的人笑著問他：「我們是不是在哪裡見過？」

「我不認識你。」他認認真真地想了想：「我們是在哪裡見過呢？」

「嗯……我跟鬼不熟……」那個人也很仔細地想了一下：「難道是我把你殺了？不會啊，我最近沒有殺人啊！看你的樣子也很新鮮……」

「我是鬼嗎？」他的腦子裡一片模糊：「我不記得了……」

「看你的樣子很像個鬼。」那人伸手過來，居然穿過了他的身體：「的確是隻鬼，不過味道怎麼怪怪的？」

他低下頭，有些驚訝地看著那人的手在自己半透明的身體裡搖來晃去。

「喂，你叫什麼名字？」那個人問他。

「名字……」他想了想，再想了想：「我好像叫……蒼……蒼……」

「蒼蒼？」那人翻了個白眼：「這名字不怎麼樣！」

「不是……我不太記得了……」他無奈地說：「叫什麼蒼什麼……我想不

起來了……」

「想不起來？想不起來就別想了！」那人拍拍他的肩膀，當然只是象徵性的：「那也沒什麼關係，再取一個就好了！」

「取一個？」雖然腦子最近總是模模糊糊的，不過也覺得這個人有點奇怪：「你是誰？你說我是鬼，那你也是鬼嗎？」

「新鮮的鬼，可別把我當成和你一樣沒用的東西！」那人一邊飛，一邊得意洋洋地摸了摸自己的鬢角：「我可是妖，一個道行高深的妖，再怎麼說也比你這被風吹來吹去，沒用的孤魂野鬼強上太多了！」

妖？

是妖？

誰是妖？

你是妖嗎？

不錯！我就是妖！

怎麼是妖？

你怎麼是妖？

你為什麼是妖？

你真的是妖嗎？

就算你是妖，我也會和你在一起。

「妖……」他轉過頭去看著那人，側著頭問：「妖是什麼？」

「妖就是妖啊！」那人抓了抓頭髮：「這個三言兩語怎麼說得明白？」

看見他疑惑的眼神，那人看看腳下，忽然笑了。

「沒關係！我不知道怎麼和你說，可有一個人會好好跟你說的。」那人指了指他們腳下：「我家到了，新鮮的鬼，你要不要下去坐坐啊！」

他看下去，只看見了一片黑黑的森林。

「你家……」

那人手一攔，他就停了下來，不再被風吹動。那人朝他眨了眨眼睛，他發現這個人有一雙漂亮的眼睛。

閃亮宛如星辰的眼睛……眼熟……真的在哪裡見過，可又不記得了……

「你可以叫我惜夜。」然後，他聽見那個人對他說：「歡迎來到煩惱海！」

落下的時候，他看到了一個人。

白色的衣服、白色的頭髮，站在溫暖的門前等著……像是最初落下的白雪，一點也不冷，溫暖的白雪。

這個人對他的到來，一點也沒有驚訝，只是說：「你可是累了？累了的話，歇一會吧。」

這個人，像是你心裡最柔軟、最暖和的部分……笑起來很溫柔，很溫柔……溫柔得讓人的心都痛了……如果他有心的話……一定會痛！

這個人說，他叫無名。

沒有名字……是一個沒有名字的人，和他一樣……

「就叫你蒼吧。」無名這麼對他說：「雖然我覺得你更像天邊七彩的霓虹，不過，還是叫你蒼吧。」

「為什麼？」他不明白地問。

「因為你只記得這個，就算它不是你的本名，應該也是很重要的。」

無名在紙上寫了一個「蒼」字。

「你老是把什麼都忘記倒沒什麼，不過最好還是記著這個字。我們總有些東西要記得的，就算是不好的事也要記得，才不會再次犯了一樣的錯誤。」

蒼……他花了好多時間去記這個字，最終記得牢了。

直到後來，他還是常常忘記那個穿黑衣服，好像叫「小黑」或者「什麼西」的到底叫什麼名字，可他記住了這個字。

蒼……這是他的名字……

他叫蒼，和白頭髮的溫柔無名，還有那個總穿黑衣服的惜夜，一起住在煩惱海裡……蒼是鬼，無名是人，惜夜是妖……煩惱海……

三千世界眾生，煩惱海裡掙扎……煩惱海裡多煩惱！

「疏影，聽說是妳要見我？」大殿的白玉座上，青鱗拋接著手裡的玉玲瓏：「怎麼這會又沒聲音了？」

梅疏影站著，沒有朝他下跪行禮。

「梅妖，妳好大的膽子！」有人看不過去了：「在山主面前還不下跪？」

「我都沒說話，你吵什麼！」他抬了抬眉毛：「出去！」

剛剛說話的那人立刻被突然出現的黑影拖出了大殿，百十人站著的大殿，更加安靜了。

「山主，梅疏影是來辭行的。」疏影朝他彎了彎腰，表示謝意：「謝山主多年庇佑，梅疏影感激不盡。我已經決定投胎做人，不再修仙了。」

「妳趁我大殿集會的時候過來，就是為了說這些？」他不耐煩地揮了揮手：「妳要做人就做人，要修仙就修仙，這種瑣碎的事別拿來說，下去吧！」

「其實，我今天來這裡，最主要是受人所託，帶一樣東西給山主。」

「什麼東……」

七彩的光芒突然在梅疏影手裡閃耀出來，大殿裡的眾人紛紛遮上了雙眼，生怕被鎮妖的法器熾傷。

「大膽！」

霎時，數人同時釋放出各種各樣的法力，想要殺了這公然在殿上作亂的小小花妖。

但釋放的法力就要擊中梅妖的時候，像是撞上了一面鏡子，紛紛反射了回來。

眾人好不容易抵擋住了自己反彈回來的法力，一個個大汗淋漓，還以為是法器厲害，可定睛一看，卻是山主站在那梅妖的面前，替她抵擋了眾人的攻擊。

「這個……是他的……」他看著梅疏影手裡漸漸暗淡下來的七彩琉璃。

「是。」梅疏影咬著牙，努力支撐著自己已經被琉璃傷到的身子。

「他死了？」他問，臉上沒什麼表情：「這麼快……」

「山主，他的身子本就撐不了多久……何況，人心要是死了，怎麼還能活得下去呢？」梅疏影冷笑了一聲：「反正遲早都是這樣的結局，難道說，山主你還真以為他會來求你不成？」

他看看梅疏影嘲笑的模樣，動了動嘴角。

「他的屍首呢？」他問，按下心裡的怒火。

「屍首？哪裡來的屍首啊！」梅疏影笑了出來：「山主，你忘了嗎？千鬼萬妖，啃食殆盡，你說了要他屍骨無存，連魂魄也不能留在世上的。所以，白梅嶺上，我親眼見他的屍身魂魄被那些不成形的妖鬼吞噬。我是想為他留個全屍，可是山主的命令，我哪敢違背啊！」

「妳！」他一用力，手上的玉玲瓏化為了粉末。

「山主，你可是後悔了？」梅疏影像是不怕死地問他：「你可是有些後悔了呢？」

「又說後悔？」他聽到了這可笑的話，笑了出來：「有什麼值得我後悔的？疏影，妳憑什麼總說我要後悔，說來聽聽可好？」

「山主若說沒有就是沒有，若說不會就是不會。」梅疏影恭敬地回答。

「好！好妳個梅疏影！」他一把拉過梅疏影的下巴，輕柔地對她說：「我今天就不追究了，可是妳要去做人，就要小心看緊妳重要的東西。」

梅疏影居然毫不閃避地直視著他的眼睛：「山主，你心裡其實也知道，以他的性格，是絕不會為了生死來求你的。你早就應該知道這個結果了，不是嗎？」

「這倒也是，他那種倔強的性子，我倒是從沒見過第二個。」他放開了疏影：「妳說的也對，我應該要後悔的，實在是太早放棄這個難得有趣的遊戲了。」

「山主，他說他恨你……」梅疏影說到這裡，停了一下：「他說，他死了，你終於贏得徹底。他讓我告訴你，你是他這一生最恨的人！」

「恨？」他的目光閃動了一下：「他是該恨我，他會恨我的……還有呢？」

「他對我說，直道相思了無益，未妨惆悵是清狂。這相思真是無益又煩惱，還是不要的好。」

直道相思了無益，未妨惆悵是清狂……這相思真是無益又煩惱，還是不要的好……

「不要？到這種時候還說不要……」他又笑了出來：「真是有趣！」

「山主……他死時問，有誰願贈他一握月光……他喊了你的名字……」

不知何時，才會有人願贈我一握月光？

他的笑漸漸隱去了，他淡淡地說：「愚蠢！」

青鱗……

他低頭看見梅疏影手上捧著的琉璃。看了一會，他伸出了手，就在他拿到手裡的那個瞬間，七彩光芒大熾，直透手背……

「啊！」沒有料想到這東西居然能傷了自己，他一個吃痛，甩手就把琉璃扔了出去。

一聲清脆悠遠的聲響。

他看著自己右手心被琉璃傷到的那個熾印，一陣惱火。剛要發怒，卻看見了眼前白玉地板上，摔出的琉璃已經碎成了一地。

他有些愣然地看著。

碎了……

「碎了……」

遠遠地，在一片望不到頭的樹海之中，有一個淡淡、朦朧的身影站在最高的樹梢上，出神地看著天邊。

「碎了？什麼碎了？」在這個身影旁，坐著一個全身黑衣的人，他緊張地說：「你不會是去告密了吧！我告訴你，你要說裝糖的罐子是我打碎的，我死也不會承認的！」

那個和影子不同，可是看起來一樣虛幻不實的身影抬起了手，放到了自己的胸口。

「你好了沒？」黑衣人打了個呵欠：「你不用睡覺，我要睡覺啊！整夜整夜地發呆，無不無聊！」

「有東西碎了，我聽見……」那個身影不斷重複著這句話：「碎了……」

「好了好了！我承認，糖罐是我打碎的啦！」黑衣人舉手投降：「我隨你去告密，不過拜託你不要一直說一直說好不好？不就是個糖罐，怎麼說得像是我把你的心打碎了一樣！」

「心……碎了……」身影喃喃地重複著。

「要是你有心，我一定立刻摔碎它！」黑衣人恨恨地說：「半夜三更不睡覺……」

「小黑……」

黑衣人一聽，差點摔下樹去。

「我跟你說過多少次了，不許你再叫我小黑！」黑衣人一拳揮過來，拳頭卻詭異地穿透了那淡色的身影。

「小黑……心怎麼碎啊……」那個身影像是完全沒有注意到黑衣人的不滿，只是自顧自地說：「把你的心拿來給我看看……」

「你這隻白痴鬼！」黑衣人尖叫著，伸腳想踹死他：「你真是瘋得越來越厲害了！我要把你扔掉，我一定要偷偷把你扔掉！」

「碎了……」那身影還是望著天邊，輕聲地重複著。

琉璃……已經碎了……

多年之後，開封，趙家祠堂。

這天半夜，趙家的長子趙輝晚歸，回家想抄近路經過祠堂的時候，像是看見有人。

「什麼人？」趙輝急忙提著燈籠走了過去。

昏暗的長明燈旁，的確站了個人影。

「是什麼人在那裡？」夜半時有人影在自家祠堂裡，趙輝就算膽子再大，心裡也忍不住發寒。

「主人恕罪，夜半叨擾，實在是冒昧了。」那人邊說邊朝站在門外的趙輝走了過來。

趙輝聽對方聲音溫和有禮，稍微放鬆了些，提起了燈籠。

那人穿一身白衣，頭上戴著白色的紗帽，看不清他的長相。

「你是何人，怎麼會深夜在我家祠堂逗留？」趙輝覺得納悶：「你有什麼事嗎？」

「你是趙家的後人？」那人也不答他，反問著：「趙慎言是你什麼人？」

「那是我祖父名諱。」趙輝疑惑地問：「尊駕和我趙家可有什麼淵源？」

「自然是有些淵源的。」那人點點頭：「我和他夫婦算是舊識，多年不見，今次路過開封本是想來見上一面，卻沒想到他們已經過世了。」

說到後來，言語中充滿了惆悵。

「老先生是祖父的舊友？」

那人看向牌位的時候，趙輝看見他紗帽後露出的頭髮一片雪白，又聽他直呼自己祖父的字號，直覺把他當成了祖父那一輩的人。

「實在不巧，祖父和祖母在年前同一時分雙雙去世了。」

「是嗎？攜手同歸，芙蓉真是好福氣了。」那人輕輕地嘆了口氣：「白頭到老，白頭到老……」

他喃喃說著，像是無限嚮往，讓人聽了心裡惻然。

趙輝卻更感奇怪了。

祖父母去世時已近百，眼前這人的聲音和氣度，卻實在不像一個近百歲的人。

「不知老先生和我祖父母是……」

「只是舊時相識。」那人搖了搖頭：「早已是過去的事，不提也罷。」

「那就多謝老先生千里探望了。」趙輝心裡再覺得古怪，卻總覺得這人不像是什麼歹人。

「不必客氣，深夜打擾，還請恕罪。」那人朝他行了一禮：「我們這就離開了。」

「哪裡！」趙輝急忙回禮，卻尋思著那句「我們」是什麼意思。

「惜夜。」只聽見那人朝祠堂裡喊了一聲：「我們走吧。」

趙輝看過去，這才發現祠堂角落裡居然還站著一個人，只是那人穿了一身黑衣，又站在陰影之中，所以剛剛才沒有看見。

白衣人朝他點頭告辭，飄然走了出去。

趙輝目送著他的身影漸漸消失在月色之中。

「喂！」

在趙輝那種作夢一樣的感覺還沒有消失的時候，被耳邊突如其來的聲音嚇了一跳。回過頭，一張臉就湊在他的面前。

雖然這張臉普普通通，可這麼近看起來還是有點嚇人。趙輝退後了一步，狐疑地看著這個剛才一直站在角落裡，現在卻湊得很近的黑衣人。

那黑衣人上上下下，前前後後，仔仔細細地打量著他，趙輝讓他看得背脊發毛。

「你人看起來還不錯。」黑衣人朝他笑了笑。

「請問……」

「我有好處給你！」黑衣人拍了拍他的肩膀。

「好處？不，無功不受祿，還是不用了！」這人怎麼看怎麼邪門，趙輝哪裡敢信他說的什麼好處。

「噯！客氣什麼，我說要你收，你就收下吧！」那人不由分說地往趙輝手裡塞了個東西。

「這個……不用了！」趙輝急忙把手裡的東西推回去。

「我讓你收下就收下！」

那人眼睛一瞪，趙輝被他嚇住，動作也就停了下來。

那人這才又笑了：「我告訴你，這可是一件好東西，你打開看了就知道了！」

那人又說：「不過，每逢臘月晚上，你千萬不要打開它，否則的話，這好東西就變成壞東西了！」

趙輝還來不及拒絕，那人居然一個閃身，再看已經走出去很遠了。

「你千萬不要忘了我的話啊！」那人很快就跑不見了，只剩下聲音在空中傳來：「是臘月！」

趙輝呆呆地站著，只覺得作了一場離奇的怪夢。低下頭，看見手裡的東西，忍不住打開看了。

那是一張卷軸。

裝裱得十分精緻的卷軸。

長長的畫卷，畫著一片無花的梅林。不是古物，也不是名家的作品，除了畫工精緻，沒什麼特別啊！

卷軸角上的落款只寫著一個蒼字。

蒼……

「蒼呢？」開封城的一處客棧裡，白衣人問坐在一旁優哉游哉喝著茶的黑衣人：「怎麼沒有看見他？」

「蒼？」黑衣人左顧右盼了一番，然後在桌上的行李裡翻找起來。

「圖軸呢？」白衣人皺著眉問。

「不見了！」翻了一陣，黑衣人朝他攤了攤手。

「不見了？」白衣人一愣：「怎麼說不見就不見了？」

「就是不見了嘛！」黑衣人不在意地說：「不見就不見好了！說不定是他自己跑掉了，有什麼好緊張的？」

「可是……要是他被人看見了……」白衣人喃喃地說：「難道說，真的是命中註定……」

「不會的啦！」黑衣人安慰他：「你這麼擔心做什麼？反正他在哪裡都是

那種死樣子！」

「罷了。」白衣人面朝窗外，輕聲地嘆了口氣：「這是天意。」

黑衣人在他背後笑得陰險得意至極。

扔掉了！終於把那個白痴扔掉了！

9

洛陽，洛陽候府。

「夫人，夜深了，您還是早些安歇吧！」丫鬟朝暖爐裡多添了幾塊炭，朝躺在床上的主子說。

「現在是什麼時候了？」半躺在床上的女子有氣無力地問道。

「已經快到子時了。」

「子時嗎？」女子抬頭看了看窗外：「怎麼這麼亮？」

「夫人您忘了，前幾日下的雪還沒有化，被月光一照，天色自然顯得亮了。」

「是嗎？那梅花呢，院裡的梅花有沒有被雪壓壞？」她連忙問。

「夫人，沒有啊！我都說了許多遍了，絕對沒有騙您！」丫鬟笑著答她：

「夫人這麼愛惜那些梅花，老天爺怎麼會忍心把它們壓壞呢。」

「啊，那就好。」她露出疲倦的神態。

「對了夫人！」丫鬟走到床邊，對她說：「您今日囑咐我把箱子裡的東西拿去曬曬，我在箱子裡找到了一張舊畫。快過年了，我看這屋裡冷清，就掛在牆上做了裝飾。」

「舊畫？」她迷迷糊糊地答道：「哪有什麼舊畫？」

「就是那幅畫了梅花的畫啊！」丫鬟說：「夫人，您累了吧，早些睡吧。」

她的確是累了，也沒有在意聽到了什麼，點點頭就慢慢睡著了。

丫鬟看她睡著了，就熄滅燭火，關門出去了。

清冷的月光照進來，照在雪白牆上。

牆上，掛著一幅畫。

白雪，寒梅。

紛揚的白雪，怒放的寒梅。

還有……

她覺得有些寒冷，那種寒冷讓她醒了過來。她張開眼睛，看見屋子裡一片光亮。

怎麼這麼亮？她定了定神，努力集中視線。

窗戶開著？窗戶怎麼會開著，明明記得是關上的啊！

仔細看過去，她的目光一下子定了格！

半開的窗戶邊，有一個淡淡的身影。那影子很淡很淡，但確實存在著。那背影修長高䠷，長長的頭髮一直拖到了地上。

然後，她聽見了一個很淡很淡的聲音在說：「梅花……開得真好……」

「誰……你是誰？」她一陣慌亂，急速地喘著氣問。

那個影子卻像是沒有意識到她的存在，只是站在窗邊，看著窗外。

「來人啊！」她驚慌地喊著，卻發覺自己喉嚨發乾，根本喊不出聲音。

「梅花……真好……」那個虛無的身影發出縹緲的聲音：「疏影橫斜水清淺……暗……暗……」

她應該害怕，她真的覺得很害怕，可她望著那個半透明的影子，不由自主地接著念了下去：「暗香浮動月黃昏。」

疏影橫斜水清淺，暗香浮動月黃昏。這句詞，曾是她最為鍾愛的。

「對。」那個影子點了點頭，說：「是暗香浮動月黃昏。」

「你……是什麼人？」看見那個影子只是站在窗邊，沒有要危害自己的舉動，她的膽子大了許多：「你是誰？」

「誰……我是誰？」那個影子喃喃地重複著：「我是誰啊……」

「你到底是什麼人，為什麼會在我的房裡？」她撐起了自己的身子，靠在床頭問道。

「我是什麼人……嗯……不記得了……」那個影子斷斷續續地回答。

「那你總有名字吧？」

「名字……對！我有名字……我叫……我叫做……蒼……」那個影子不太肯定地說：「是……是蒼……」

「蒼？」她皺起了眉：「你是從哪裡來……」

「哪裡？」那影子終於移動了一下。

她看見了影子望著的地方，雪白的牆……牆上的畫……那幅畫……

白雪寒梅！

洛陽侯府鬧鬼的傳言沸沸揚揚。

傳說，每當明月當空的夜晚，侯府後院的梅園裡，總會有一個男人的影子在梅林間徘徊。

侯府中不止一個下人看見了，可是洛陽侯治下極嚴，下人們不敢在府中多話，外間倒是把這事傳得街知巷聞。

鬧鬼啊！還是在洛陽侯的府邸裡面……

洛陽侯俞韜是一個自視甚高的人，平時最忌諱別人說他的不是，自然沒有人敢在他的面前談起這些，可是說的人多了，多多少少傳了一些進他的耳裡。

偏偏傳進他耳裡的，又是其中最荒唐的版本。

傳說，鬼是纏上了人，才會在家宅裡留連不去，而被纏上多是病弱又陽氣不盛的人。

這鬼既然是男的，纏上的當然是女眷，而梅林旁邊很巧地住了一位多病的女眷……

俞韜勃然大怒，不為其他，正因為住在梅林小樓裡的女眷，是他的正妻趙氏。

他不信什麼鬼怪，在他看來這多少影射了他的妻子不貞。雖然他和趙氏感情淡薄，但事情傳成這般，讓他堂堂洛陽侯的顏面往哪裡擺去？

可俞韜雖然自負，也明白謠言不可盡信，說是趙氏被鬼纏上也好，不守婦道也罷，總要眼見為實才行。

於是他挑了一個皓月當空的夜晚，帶了兩三個膽大的僕人，躲在趙氏居住的小樓邊，決定不論是鬼還是姦夫，定要瞧個分明。

直到三更時分，眼前還是白雪梅花，什麼花樣也沒有。就在俞韜意興闌珊準備走人時，聽見了僕人發出的怪聲。

「侯……侯爺……你……你瞧……」那個平時膽大包天的僕人，聲音抖得不成樣子：「鬼……鬼啊……」

俞韜朝他指的方向看去，只看見一株梅樹旁，站了一個身影。

淡淡的……卻十分清晰……的確是一個男人的背影！不，那不是人……無形的月光分明地穿透了那個身體，呈現出一幅詭異的畫面。

俞韜的心裡也是一驚，可他畢竟是經歷過風浪的人物，知道這個時候害怕是最沒有用處的舉動。

「我俞韜在此！」俞韜深吸口氣，站到了明處：「你是什麼東西，居然敢在我的洛陽侯府裡放肆！」

然後，俞韜聽見了一聲悠遠空曠的嘆息。那嘆息在風裡縈繞不散，就算俞韜，心裡也有些發毛。

「梅花又要謝了……」那個背對著他們的身影輕聲地說著：「年復一年……開了又謝……」

就在俞韜還沒有弄清這個無視他的鬼在說些什麼的時候，眼前明明白白瞧見了這個不知什麼東西輕飄飄地飛上半空，然後飄進了一旁小樓緊閉著的窗。就這麼穿透進去，眨眼不見了。

俞韜愣了一愣，立刻就追了過去。因為那棟樓，正是趙氏住著的地方！

他輕手輕腳地上了二樓，臥房的門關著，隱約傳來了說話的聲音。他想了想，還是把耳朵貼了上去。

「你又去看那些梅花？」那是一個有些氣虛的女聲，俞韜模糊記得這是趙氏的聲音。

「就要到正月了吧，你瞧，畫上的梅花也快要謝了。」趙氏嘆了口氣：「總是這樣的，時光不住流逝，我們再怎麼想要挽留，總也是徒勞無功。要是梅花謝了，你就不再來了吧！那明年梅花再開的時候，你還會不會來呢？你到底是在看花，還是在想念著誰呢？」

俞韜聽不下去了！有夫之婦說出這種話來，簡直就是暗通款曲的鐵證！

砰一聲，俞韜一腳踹開了大門。

可出乎俞韜的意料，也沒有料想中的那個鬼魂或者男人，迎接他的只有一片安靜。

「誰……侯爺？」一個意外的聲音傳了過來：「半夜三更，你怎麼……」

俞韜看了過去，看見了半靠在床頭，臉色蒼白的女子。

「趙玉清，那個男人……不，那個鬼怪呢？」俞韜冷冷地問道。

「鬼怪？」床上的趙玉清，也就是洛陽侯夫人同樣冷淡地回答：「侯爺莫不是喝醉了？三更半夜到我的屋裡喊什麼男人、鬼怪，還真是好興致。」

「趙玉清！我可是親眼看見那妖怪進了妳的房裡，妳最好老實跟我說，他躲到哪裡去了？」俞韜冷哼了一聲：「妳不守婦道，我今天親耳聽見了，妳別想狡賴！」

「侯爺也看見了，我這屋子就這麼大，你要找什麼鬼怪，儘管找好了。」趙玉清不慍不火地對他說：「你說你聽到了什麼？我是因為夫君長年冷落我的緣故，心裡發悶，就喜歡跟自己說說話，難道也是不守婦道了？」

「妳！」俞韜被她堵住了詰問，氣憤地說：「妳趙家果然是被妖孽纏身，才會落得家破人亡的下場。我是看在妳我自小有著婚約的分上，想盡辦法保全妳的性命，還娶了妳過門，讓妳過著錦衣玉食的日子。沒想到妳非但不心存感激，還把不乾淨的東西帶到我這裡來了！不記得我的恩惠，還說我冷落妳，妳就是這樣報答我的嗎？」

「侯爺，不要把自己說得這麼偉大。」趙玉清直視著他：「我心裡明白，你也不是真的想娶我，到現在應該還在怨恨被我坑害了。什麼你的恩惠？要不是當年老侯爺念在和我父親的交情上硬逼著你娶我，我哪裡有這樣『錦衣玉食』的日子可以過？」

「趙玉清，妳還是一樣伶牙俐齒！」俞韜受不了地咬著牙說：「也就是我這麼倒楣，才娶了妳這個不守婦道、不知廉恥的女人回來作踐自己！」

「多謝侯爺誇獎！」趙玉清彎了彎嘴角。

「我不管妳是不是和什麼妖孽、男人廝混，總之，妳最好收斂一點，妳不要臉面我可是還要的！」俞韜忿忿地撂下了狠話：「最好不要讓我抓到實證，否則別怪我真把妳趕出侯府去！」

俞韜氣呼呼地轉身就走，真是一眼也不想再看到這個討厭的女人！

屋裡又是一片冷清，趙玉清臉上顯露出疲倦的神情。現在的她，一點也看不出剛剛那種能言善辯的樣子。

「我們……怎麼會是今天這樣呢……」她輕聲地嘆了口氣。

眼前像是出現了許多年以前，那個總是繞著自己打轉、個頭小小的男孩子。

「小清！我爹說，等我長大了，我們就能永遠在一起了！到那個時候，我會騎著真的大馬來接妳的喔！我一定會來的，妳要等著我啊！」

我記得……我一直在等，可是你呢？你是來接我了，可你也忘記了……

一滴淚水順著她蒼白的臉頰滑下。

月光下，淚水掉落了下去，落在一隻半透明的手掌上，滾動著，最後還是落到了她的身上。

她抬起頭，看見了一張近於透明的、淡然的、沒有什麼情緒的臉。

「妳哭了……」那個聲音縹縹緲緲：「哭什麼呢？沒什麼值得妳哭的，妳很快就會忘記了。什麼都會結束，梅花謝了的時候，就都結束了……」

她再也克制不住，捂住臉，悶聲地哭了出來。

哭了許久，趙玉清才漸漸止住了眼淚。淚眼矇矓裡，她看見那雙像是沒有焦點的眼睛還是定定地在看著她。

「我恨你……」她也不知道自己為什麼要這麼說，可是她控制不住自己的嘴：「我恨你！我真的很恨你！」

「我知道……」那個虛無的，叫做蒼的鬼魂，第一次沒有答非所問：「妳恨我……所有的人都恨我……」

「要不是因為你，我也不會是今天這個樣子。」又有淚水從眼角滑落了下來：「要不是因為你，我不會變成無依無靠的趙玉清。就不會變成像是折斷了翅膀的雀鳥，被關在這個籠子裡動彈不得的侯爺夫人。」

「是我的錯……我從來沒有做對過什麼……從來沒有……」

蒼斷斷續續地說著，趙玉清聽見了，心裡一痛。

「不，不是你的錯！我知道你沒有做過任何錯事。」趙玉清低下頭，無奈地苦笑著：「我從前不明白，我爹為什麼會讓大好的家庭毀於一旦。可是看見你的第一眼，我就知道了……為什麼他要說畫中仙人，為什麼他會為了一個影子，不惜一切……」

為什麼直到最後一刻，爹爹他居然沒有想要保住全家人的性命，而是讓自己帶著這幅畫遠嫁洛陽，說是救她，卻是為了保住這個影子……她現在終於明白了。

十丈紅塵無顏色，只緣斯人落九天。

「怪不得，當初把你交給我爹的那人要說，如若見到了你，什麼好事也會變成了壞事。」

可是，爹爹還是忘記了那人的囑咐，在一個臘月夜晚舉行的宴會上打開了卷軸。

「要是我爹沒有見著你，要是他那時沒有改變主意，而是把畫獻給了皇上，也許……什麼都會不同了……」

那麼，也就不會有人處心積慮地要得到這個虛無的鬼魂，全家上下百多人命也就不會被人誣陷，問罪滿門……

「因為這幅會隨著四季改變的奇畫，我趙家名動天下；因為這畫裡的你，我趙家一夜滅門……」

「為什麼……」蒼問她。

「你沒有照過鏡子嗎？」她別過了臉：「縱然世上真有仙子，恐怕也及不上你半分的美麗。」

「美麗？」

蒼轉過了頭，身旁的銅鏡上空無一物，什麼也照不出來。

「什麼是美麗呢？我從來不知道，美麗是什麼……我只記得，有人說我很醜……很醜……」

你從來沒有照過鏡子嗎？你以為你這種模樣，也能讓我傾心？

「我很醜……」

「你要是醜的，那麼這世上，哪裡去找什麼美麗的人……」

就像世上大多數人一樣，自己得不到的，總想所有人都得不到，就像……她的父親……

「那人，定是戀慕著你，卻沒有辦法得到你的心，所以才會這麼說。」

有如染著霜雪的寒梅，這麼清貴傲然的容貌……只要是有眼睛的人，怎麼會說他醜陋？可是這種高貴的美貌，讓人心生仰慕的同時，也有無法企及的恐懼。

「美麗，很重要嗎？」蒼目光裡有著疑惑：「為什麼要這麼對我說，我不明白……」

問這樣的問題，是因為一顆沒有汙濁的心，還是因為早就沒有了心……

「因為，活在這個世上的人，如果不偶爾欺騙自己，是活不下去的。」她淡淡地告訴他：「如果他們覺得終會失去一樣東西，反而會告訴自己，那樣東西不值得得到。有時候，得到……比永遠得不到更令人覺得恐懼……」

「是嗎？人……真是奇怪呢……我做人的時候，也是這樣的嗎……」

「人……你以前是人嗎？」

「他們說……我是鬼……」

窗紙上，漸漸泛了白。

「天亮了……」蒼飄忽一笑，隨著光線的增強漸漸隱去了身影。

為什麼那麼傲然的眉宇之間，全是毫不相稱的淡然死寂？畫中仙人……或者只是困在俗世的遊魂野鬼……

趙玉清迷惑了。

「侯爺，你怎麼了？怎麼這幾天總是焦躁不安的？」

「疏影，是妳啊！」俞韜抬眼看見了站在門邊的美麗女子，緊繃的臉色放鬆下來：「妳不是不太舒服，怎麼不在屋裡休息呢？」

「我沒什麼，聽說你在發脾氣，我就想過來看看出了什麼事情。」被叫做疏影的女子朝他嫣然一笑：「什麼事讓我們的侯爺發這麼大的脾氣啊？」

「還不是那趙玉清！」俞韜狠狠地說：「妳都不知道外面傳成什麼樣子了，我遲早要為了她顏面掃地！」

「怎麼？還沒有平息下去嗎？」疏影嘆了口氣：「怎麼會這樣呢？就我看，姐姐也不是不分輕重的人啊！」

「最近不止那梅園，府裡到處開始不安生，一定是她屋裡那妖魔作怪！」俞韜皺著眉說：「再這樣下去，我都不知道她到底要做什麼了！」

「我看不是吧！或許這和姐姐沒什麼關係……」

「疏影，妳就別替她說好話了，難得妳總是袒護她，可她哪裡善待過妳了？」俞韜把走進來的疏影扶到位子上坐下。

「可是，我總覺得這不能怪姐姐。」疏影想了一下：「興許姐姐真是被什麼不好的東西纏上了，還是找個道士來做場法事吧！」

「這怎麼行？要是說出去，不是承認了府裡有妖孽，惹人恥笑嗎？」

「侯爺，都到這個時候了，你還在顧忌這些，要是姐姐有個萬一……」

「她不會有事！」俞韜脫口而出，等看見疏影清亮的眼睛看著自己，才咳了一聲，說：「也好，就去找些道士來吧！再怎麼說，爹臨終時要我善待她一世，我總不能放任她有什麼意外。」

「我知道。」疏影笑了出來：「侯爺就是嘴硬心軟。你放心吧，我才不會吃這種無謂的乾醋。」

「疏影，真是委屈妳了。」俞韜把她摟進懷裡：「難得妳我相知多年，我卻沒有辦法名正言順地給妳一個高貴的身分。」

「侯爺，你這是在說什麼啊！」疏影握著他的手說：「我能在你的身邊，就足夠了……」

「假的……」虛無縹緲的聲音在她的耳邊響起。

「誰？」

「疏影，怎麼了？」俞韜不解地看著突然站起來的她：「什麼事？」

「剛才……你聽到什麼聲音了嗎？」疏影有些慌張地問。

「沒有啊。」俞韜跟著她四處張望：「我沒有聽到什麼……」

「原來是個騙子……」

「啊！」疏影叫了一聲，趴到了俞韜的懷裡。

「怎麼了？出什麼事了？」俞韜緊張地問。

「我聽見有人跟我說話！」疏影拚命發著抖：「我還看見窗戶外頭有東西，好可怕！」

俞韜看了看窗外，除了月光樹影，什麼也不見有。

他突然想到了什麼，臉色都變了。

「一定是那個妖孽！」俞韜憤怒地說：「都是那趙玉清惹來的麻煩！我明天就找人來收了那妖孽！」

伏在他胸前的疏影，暗暗地咬住了嘴唇。

妖？不，不是妖！那到底是什麼東西……

等到第三批人從梅園裡被趕出來的時候，俞韜終於坐不住了。

「趙玉清！」他直直地衝進了趙玉清房裡。

「侯爺，你好沒涵養，怎麼連敲門也不懂？」趙玉清坐在椅子上，身上裹著厚厚的狐裘，不滿地看著他。

「妳為什麼要把人趕出去？」俞韜跳著腳說：「妳知不知道我是在救妳的命？」

「救我的命？如果說，侯爺讓人來我這屋裡弄得烏煙瘴氣的，就是為了救我的命，那趙玉清在這裡先謝過了。」她做了個行禮的樣子：「我還以為侯爺是為了把我熏死才派人來的，真是抱歉！」

「妳……」俞韜拚命克制住自己想掐死這蠢女人的衝動：「我不管妳怎麼說，總之，我今天一定要把妳這屋裡的妖孽給滅了！」

「蒼他不是妖孽！」趙玉清皺起眉頭：「如果你是說最近府裡發生的那些事，那不是蒼做的。」

「蒼……那妖孽叫做蒼嘍！」俞韜冷冷一笑：「道長！」

門外走進一個道士來。

「俞韜，你到底想做什麼？」

「道長，知道名字，就能收了那妖孽了吧！」俞韜不理會她，徑直對那道士說：「你不是說子時最利你嗎？記得務必要打得他魂飛魄散，再也不能作惡！」

道士神情高傲，點點頭，從背後抽出一把桃木劍。

「俞韜！」趙玉清站了起來，神情焦慮地說著：「蒼他沒有做，你怎麼不聽我說呢？」

「那妳說，是誰做的？」俞韜問她：「妳不會說是疏影吧！反正妳怨恨她也不是一天兩天了，不是正好有個機會讓妳發洩怒火嗎？」

趙玉清的心一冷，也說不出什麼話來了。

「我知道你不會信的……」她喃喃地說：「我就知道……」

「那妳就省省吧！」俞韜沒好氣地瞪了她一眼，回過頭說：「道長，快些作法！」

那道士開始念起誰也聽不懂的咒法，而俞韜就過來拉趙玉清。趙玉清的力氣怎麼比得過俞韜，三兩下就被拖到了門口。

「蒼！」她抓住門框，焦急地大喊：「蒼！」

「妳叫什麼！」俞韜更加氣憤了：「我這是在除妖，不是殺人！」

「蠢貨！」趙玉清用腳踢他，還出言不遜：「你這隻沒長腦子的豬！」

俞韜差點沒有氣暈過去。這麼多年以來，趙玉清雖然和他總是針鋒相對，從沒給過好臉色，可也沒見她這麼言辭粗俗、舉動失儀。

虧她還是大家閨秀出身，居然為了一個妖孽，對自己丈夫這麼無禮！

「道長！」俞韜怒火中燒，把她拖離了門邊：「絕不要放過了那妖孽！」

「蒼！」

「是那幅畫！」俞韜終於注意到她的視線一直盯著牆上的畫：「快毀了那畫！」

這時，道士終於把咒語念完，桃木劍直往畫卷刺去。

趙玉清閉上了眼睛，不想再看。

滿室寂寂。過了好一陣，也沒聽見什麼聲音，趙玉清小心地睜開了眼睛，只見站在她身邊的俞韜一臉訝然。

她連忙轉過身去，一看之下，欣喜地叫道：「蒼！」

尾聲

桃木劍只差半寸就要刺上卷軸。

只差半寸，被一隻半透明的手掌給擋住了。

手掌是從畫裡伸出來的，從那幅畫滿了梅花的卷軸裡伸出了一隻半透明的手來，那情況說多詭異就多詭異。

俞韜忍不住咽了口口水。

道士倒是臨危不亂，沒有驚慌，只像是在和一股大力相抗，費力地握著劍柄。

「你想撕破這幅畫？」屋裡響起一個若有若無的聲音：「這可不行……」

隨著聲音，那隻手後面的部分也漸漸浮出了卷軸，道士的劍也就被越來越往後推了。

長髮、白衣、高貴的容貌，漸漸地顯露了出來。

站在後面的俞韜一時看呆了。

這是妖孽？還是……仙人……

「原來……是隻妖。」

說這句話的，居然是他們要收服的那個「妖孽」！妖孽居然還是對著道長說的？

接著，趙玉清和俞韜就看見了有生以來最不可思議的畫面。

蒼一直沒什麼焦點的渙散眼眸，一瞬間光芒四射，他垂在身後的長髮像是有生命一樣，纏上了面前拿著劍的道士。

只聽見道士慘叫了一聲，渾身都被烏黑的長髮捲住，緊接著冒出了陣陣青煙，樣子可怕至極。

趙玉清嚇壞了，連退幾步，直到撞上了身後的俞韜才停了下來。

沒一會，青煙漸漸消失不見了，跟著不見的，還有那個除妖的道長。

蒼一鬆手，桃木劍落到地上，長髮也服服貼貼回到了他的背後。

他低頭看了看自己的手，驚訝地發現自己的身體竟然不再那麼透明，隱隱有了實質的感覺。

「妖……」俞韜還沒有說完，就看見蒼閃爍著異樣神采的眼睛盯上了他，嚇得連忙閉上了嘴。

「蒼……你殺了人……」趙玉清也有些畏懼地看著他：「為什麼……」

「不是人。」蒼雙腳站到了地上，對她輕輕搖了搖頭：「是妖。」

「什麼？」他們異口同聲地問。

蒼笑而不答，只是用腳挑開了地上的道袍。

黑影一閃，從他們腳邊飛竄了出去，轉瞬不見，可他們也看見了，道袍下鑽出來的是一條五彩斑斕的大蜈蚣。那蜈蚣足有小孩的手臂那麼粗長，樣子很是噁心。

「你說，那個道長……就是那個……」趙玉清白著臉問：「蜈蚣……」

「嗯……百足之蟲……」蒼又恢復了那副心不在焉的模樣。

「不可能！」俞韜跳了起來：「那是我請來的道長，明明是你這個妖怪使了邪術把他變成了……蜈蚣……」

「沒有啊……我只是吃了……」

「啊！你這個妖怪果然承認吃人……」俞韜臉色灰敗：「你這妖怪！」

「我不是妖怪。」蒼認真地看著他：「我是鬼。」

「鬼……也是……你吃人……」被盯得有些害怕，俞韜還是硬著頭皮說：

「不管你是妖怪還是鬼，總之是邪物！」

「妖怪和鬼不一樣，我只是吃了他的修為，沒有把他吃下去……」蒼想到了那條蜈蚣，皺了皺眉：「那個……好噁心，不好吃的吧……」

忽然，他仰起了頭，直望向屋頂。

俞韜被他嚇了一跳，臉色又難看了幾分。

「還有！」蒼的目光又亮了起來。

牆上的畫突然「呼」的一聲燒了起來，蒼身上的衣服也跟著燃燒，那藍色的怪異火焰一下子就完全吞噬了他。

「蒼！」趙玉清要衝過去，卻被俞韜死死地拉住了。

「妳不要命了嗎？」俞韜衝著她喊。

「找到了！」被怪火包圍的蒼衣袖一捲，身上和畫上的火就熄了，整個人完整無缺，哪裡有半點被燒傷燙傷的樣子？

他腳一點，人從窗口飛了出去。

蒼輕飄飄地落到了梅林深處，而在他的面前，站著一個人。

一個美麗的女人，一個美若天仙、冷若冰霜的女人。

「是妳要殺我？」蒼問這個美麗女人。

「你究竟是什麼人？」女人反問他：「你居然一個照面就把他打回了原形，毀了他近千年的道行，你究竟是什麼人呢？」

「我是蒼。」蒼淡然地答她：「我不是人，我只是鬼。」

「胡說！哪裡有這樣的鬼！」那個女人防備地看著他，悄悄往後移動。

「妳不是妖。」蒼眉頭一動：「神仙！」

女子大吃一驚，轉身就要施法遁走。蒼冷冷一笑，一縷長髮纏上了她的腳踝，把她絆倒在地。

「神仙。」蒼問她：「妳為什麼要殺我？」

女子手心一轉，多了一把鋒利匕首，朝著纏住自己的長髮割了下去。

割不斷……這傢伙到底是什麼東西？女子終於慌了。

「不說嗎？」蒼微微側著頭：「可是我很想知道啊。」

頭髮越纏越多，直把女子捆成了繭狀。她驚恐地發現，自己身上的法力正被什麼東西吸走。

相對的，蒼的身影更加清晰起來，不一會，已經一點也不透明，看起來簡直就和真正的人一樣實實在在了。

「咦？」蒼突然停了下來。

「妳身上，有什麼東西……」長髮收了回來，蒼走到虛弱的女子身邊，撥開了她濃密的瀏海：「是刻印……」

在額頭靠近髮根的地方，有一枚小小的鱗。

青色的……

蒼目光一散，那女子看機會難得，趁他分神，剎那消失了蹤影。

「青……」蒼木然地看著女子消失的地方，總覺得自己忘了什麼重要的東西：「那是誰的……」

「蒼，你怎麼了？」趙玉清已經跑下了小樓，身後跟著臉色不好的俞韜。

蒼站了起來，轉身面對她笑了起來：「被她跑掉……」

別說是趙玉清，就算是仍在後怕的俞韜，也為他的改變失神了一刻。

原本朦朧的輪廓乍然清晰，這個人身上那種明顯的高貴也越發突出了起來。

要知道，有些東西是與生俱來、難以遮掩的。眼前之人，說他是王族貴冑倒有些相似，和妖怪這樣的字眼就一點也聯繫不起來了。

他眉宇間帶著沉寂的倦怠，神情卻高貴得讓人心生敬畏。

這樣的存在……會是妖怪嗎？

「你……怎麼變了？」趙玉清忐忑地問。

蒼低頭看了看自己，倒是不怎麼在意自己改變的樣子：「我吃了他們的法力，所以暫時能夠保持這個樣子吧……」

他說得馬馬虎虎，聽的人也迷迷糊糊。

「那個女人……也是妖怪嗎？是什麼？毒蛇？蠍子？」他們遠遠地趕來，

只是在林木間看見了一個背影。

「不。」蒼搖頭：「那不是妖怪，是神仙。」

「神仙？」另兩個人對看了一眼，在對方的眼睛裡看見了同樣的驚訝。

「你是說，那個女的是神仙，然後是一個神仙要殺你？」

不論是鬼是妖，照常理來說，能把神仙打得落荒而逃，應該都不是一件正常的事情吧！

「神仙和妖，只是修行的方法和時間不同……她的身上有刻印，只能說是個被下了禁錮的神仙……」蒼又開始隨口說著，也不管別人聽不聽得明白：「無……好像說過……要是有了刻印，就不是自由之身……但她以前應該是個神仙……」

「怎麼會這樣……突然之間，我家裡有鬼，有妖怪，還來了神仙？」俞韜跳了起來：「什麼亂七八糟的！趙玉清，妳看妳給我招什麼麻煩來了！」

「侯爺，這事能怪我嗎？」趙玉清瞪著他：「要不是你找些不三不四的道士回來捉妖，哪裡來這麼多的事情？」

「還不是因為他在府裡鬧事，我才……」

「你會輸的……」被他指著的蒼淡淡地說。

「什麼？」

「只是遊戲……」蒼看著地上，語焉不詳地說：「你……會輸的。」

他放在眼前的手輕輕打開，然後握攏，只是不斷重複著這個奇怪的動作。

「這鬼真是有病！」看著看著，不知為什麼，俞韜突然覺得自己需要完全改變想法：「依我看，他飄來蕩去被人看見不奇怪，要說特地跑去嚇人也不怎麼可能。」

一個連神仙也鬥不過的鬼，能找什麼人來收服啊……

「趙玉清，妳看好這隻鬼，要是鬧出什麼亂子來，我可不饒！」還是先穩住，然後另想辦法吧！

「蒼。」看著俞韜離開，趙玉清回頭看著現在和普通人沒什麼兩樣的蒼：

「你究竟是什麼人呢？」

「我不是人……是鬼……」蒼倦怠地垂下了眼：「我以前也許是人，可我死了……人死了就變成了鬼，就是鬼……」

「你是怎麼死的？」

蒼的神情一凜，樣子都變了，趙玉清嚇退了半步。

「就是死了吧。」一眨眼，蒼又變回了那種不經意：「我都忘了……」

「很久了嗎？為什麼會忘記呢？」趙玉清猶不死心地追問著：「這麼重要的事情……」

「我常常忘記事情……」蒼對她說：「最近的、從前的……我常常忘記……無……說我不全，我也不知道為什麼會……」

「無？」

「白色的無……」蒼點著頭：「是叫無什麼吧，我都快要忘記了……」

洛陽侯府，有一處梅林。

不知哪一天開始，有一個孤獨的身影在那裡徘徊。

蒼茫白雪，滿枝梅花。偶爾像是想起了什麼，轉眼又遺忘得更多……

是什麼?占據了腦海的，那欲捨難離的東西，那明明忘記了，卻還偏偏日夜跟隨著的……

——《琉璃碎》完

番外

煩惱海雖然叫做海，卻不是像字面一樣有水的海，而是一片望不到盡頭的森林。

蒼就住在煩惱海裡，和溫柔的無名在一起。

無名說自己身體不好，蒼只是一個沒有身體的鬼魂，所以不太懂什麼是身體不好。但是無名不同，無名是一個人，還是一個身體不好的人。所以蒼覺得，做人好像很麻煩，還是做鬼要好多了。

問了無名，無名說「像被火燒」。

被火燒是什麼樣的感覺，蒼不知道，但是無名身體不好的時候，蒼都不敢靠近他。

因為無名的眼睛會變成深深的紅色，雖然無名還是無名，但是蒼會覺得那時候的無名很危險。所以只要每次無名像現在一樣把自己關在房裡，蒼就會離得遠遠的。

見不到無名，蒼有一點點寂寞。

他站在樹頂，看著一望無際的煩惱海。這廣闊的天地之間，都好像只有自己一個……才想到這裡，眼前飄過了飛揚的黑紗。

「原來你在這裡。」穿著黑色衣服的人停在離蒼不遠的地方。

這張臉……好像有點眼熟。

「真不知道你在想些什麼。」那個人說：「你要繼續裝傻我是無所謂，但你現在雖然只是魂魄，可身上的陰寒之氣還是會對他的身體造成損傷。」

「黑……」蒼努力地想了想，在有限的意識裡翻找著和這個人最接近的字眼。

「我說了多少次了，我是惜夜！」那個人嘆了口氣：「也不知道你受了什麼刺激，怎麼就變成了這樣。」

「無名……」

「他暫時好些了，但是你記得要離他遠一點。」惜夜說的話有點奇怪：「你身上寒氣太重，過於親近只會引發他體內的反噬。」

蒼有點聽明白了，惜夜是不讓他和無名在一起。

「不要！」蒼慢慢地說：「我和無名一起。」

惜夜眉頭一擰，眼睛裡閃過銳利的光：「你好大的膽子，就不怕我……」

「你走。」蒼和他對望著，空洞的眼裡毫無懼色。

「都落到了這種地步，你的臭脾氣倒是半點沒改。」惜夜一愣之後倒是笑了：「我和他體質相近，在他身邊有益無害，至於你，就自己決定吧！」

說完，惜夜黑紗一揚，整個人翩然飛走了。

蒼看著他遠去的背影，向來空洞無物的眼睛裡閃過了一絲茫然。

難道說真的註定了……是孤單的……

蒼回到屋裡的時候，無名已經醒了，他的眼睛不再是那種深深的紅色，緊鎖的眉頭也已經鬆開。

「蒼。」無名轉頭看到了他，微笑著對他說：「你怎麼不過來？」

他稍稍往前走了幾步。

「過來啊！」無名朝他招了招手。

蒼往前多走了幾步，想了想，又往後退了幾步。

「方才惜夜對我說，他找到了一處能夠暫緩我病痛的地方，但是我現在的身子無法承受空中飛行，所以只能慢慢在地上趕路。」

無名知道他向來心不在焉，所以也沒有在意。

「路途遙遠，你這樣子跟著我們出去可能有些麻煩，我讓惜夜想了個辦法，他說可以讓你依附在某樣東西上面，等到了那處再讓你出來就行了。」

蒼聽著，臉上沒有什麼表情。

「或者，你不願意和我們一起離開？」無名看著他，輕聲地嘆了口氣：「但是你這樣，我總覺得不放心，還是跟著我們吧。」

他看到無名眼裡的擔憂，忍不住靠上前，把手伸了出去……

「趁我不在想做什麼？」

蒼伸出去的手被黑色的輕紗擋在了半空，他側過頭，看到了惜夜警告的眼神。

「惜夜，你也回來啦！」無名揚起笑容：「我正想問蒼，不知他喜歡附在什麼東西上面。」

「他哪會有什麼意見啊！」惜夜順勢摟住無名，靠到他的身上：「父親你說什麼就是什麼了。」

「我們身無長物，只能委屈蒼了。」無名早就習慣了惜夜黏人的舉動，見狀也只是笑了笑：「我也想過了，覺得還是為他畫一幅畫像最好。」

「幹嘛對他那麼好？」惜夜不滿地嘀咕著。

「蒼，你覺得可好？」無名轉頭詢問蒼的意見。

「我覺得不好。」蒼還沒什麼反應，惜夜倒是出聲反對。

「為什麼？」

「父親。」惜夜皺著眉說：「萬一要是這一路上被人看到了……」

「你不說，我還真沒有想到。」無名一愣，然後露出恍然的表情：「他這模樣被人看到，恐怕會引來不小的麻煩。」

蒼低頭看看自己，除了飄飄蕩蕩的不實身影，什麼也沒有看到。

「畫像就算了，那畫些景物吧。」無名一邊說，一邊走到了書案旁：「蒼喜歡什麼樣的景物呢？」

只見惜夜咬破指尖，擠了幾滴鮮血在案上的硯臺之中。那血的顏色鮮豔奪目，還隱隱散發出曚曨的紅光，接著他又從懷中取出一個布包，打開以後，赫然是一塊發著寒氣的白色冰晶。

冰晶一遇到惜夜的鮮血就迅速消融，未幾在硯中溶成了淡淡的液體，和那幾滴鮮血混雜一起，變成了淺淺的緋色。

那緋色濺了幾滴在一旁的白紙上，無名看了一會，提起筆來沾了些，就在紙上畫了起來。

「花……」蒼慢慢走到案前，看到了無名筆下漸漸成形的圖案。

「是梅花。」

無名放下筆，惜夜衣袖輕輕一揮，畫上的梅花立刻顯示出不同的淺淡深濃來。

無名笑著問：「你可喜歡？」

「為什麼是梅花？」相處的這幾十年中，這一句話，恐怕是蒼說得最完整也最流利的一句了。

「梅花不好嗎？」無名語氣淡淡地說：「疏影橫斜，暗香浮動，我覺得蒼你就像這遺世獨立的寒梅一般。」

「父親你不用安慰他。」惜夜在一旁不是滋味地說：「他是鬼，當然只能『遺世獨立』了！」

蒼專注地看著畫，指尖慢慢觸過那些盛開的梅花，他的手指碰觸到的地方，畫上的梅花就像被風吹過一樣輕輕搖動起來，一些細碎的花瓣隨之從枝頭散落。

這幅梅花，簡直就像活的一樣。

「我的血這麼珍貴，真是便宜你了。」惜夜一邊說，一邊把剩下的淺紅液體隨手潑到窗外的池塘裡。

「無名……」蒼摸了許久，才慢慢抬起了頭：「你……保重……」

無名有些愕然，卻還是點了點頭。

「還不進去？」惜夜走到中間，打斷了他們的對望，還用眼睛狠狠地瞪著蒼。

「惜夜。」這是許多年以來，蒼第一次沒有喊錯惜夜的名字：「照顧他，還有……小心……」

說完，他化作一縷青煙，融進了案上的畫裡。

「這是什麼態度啊！」惜夜怒沖沖地揚高了眉毛，想著索性把畫撕碎了事。

「我想，蒼是要你小心保重吧。」無名把畫捲了起來，遞給惜夜：「你小心收好，等到了市鎮再裝裱一下。」

「無名，你真是偏心！」惜夜悶悶不樂地抱怨著：「有什麼好裝裱的，反正……」

無名看著他嘀嘀咕咕地走出去，無奈地笑了一笑。

忽然一陣寒冷從身後襲來，他驀然一震，笑容僵在了嘴邊。

「下雪了嗎？」他喃喃地說了一句，轉身走到窗邊，舉頭望向天空。

不一會，原本只是細碎的新雪漸漸稠密了起來。

透過滿目紛揚的潔白，他好似看到了一個傲然高潔的背影……無名閉上眼睛，努力咽下喉中湧上的腥甜，臉上的從容淡然被痛苦替代。

落得這樣下場，又能夠怪誰？到如今，想要後悔也來不及，只能怨當年懵懂，不知這情字傷人最深……

惜夜對蒼的不滿其實由來已久。在他把這個到處遊蕩的鬼魂帶回煩惱海的第一天，就已經開始後悔了。

因為那個鬼霸占了「惜夜的無名」！

原本只和惜夜在一起，只是惜夜一個人的無名，把一半的心思給了這個只會說「我忘了」的鬼。

那個看得見摸不著的鬼魂，到底有什麼好囂張的？惜夜心裡的不滿慢慢累積，先變成了厭惡，再變成了痛恨……最後卻又突然恢復了平和滿足，就像那隻鬼不見了一樣地突然。

看來緣分盡了！

聽到無名有些傷感地說出這句話，惜夜甚至也有點忐忑起來。

就這樣把那傢伙隨意棄置在混亂俗世，是不是太過無情了？縱然一直討厭他，不過總也算是相識多年，何況現在他已經……

惜夜收回目光，有些驚訝自己從什麼時候開始學會了優柔寡斷。

「惜夜，還不走嗎？」走在前面的無名回頭喊他。

惜夜看著無名在風裡飄揚的白衣，想到了很久很久之前的一些事情。

他想起了總愛纏著自己的妹妹，想起了雲夢山上那株雪白蘭花，想起當年發狂一樣不顧後果愛上的那人……

真的是桑田滄海，一轉身就已經過了千萬年。

妹妹早就成了白骨，蘭花連根燒燬，愛人更是變成了不共戴天的仇人……

不自覺地摸上了鬢邊，只覺得手指一空……惜夜猛地驚醒過來，看到前方的無名就要走遠，於是快步跟了上去。

書寫著「開封」字樣的城門，很快消失在了身後。

不久之後，因為一幅能隨四季開謝的梅花圖，開封城趙家名揚天下。

再不久後，開封趙家夜起大火，全府一百三十二人無一逃生，唯有幼女因遠嫁洛陽得以身免。

很多年以後，洛陽侯府的那片梅林之中，開始有一個虛無的身影，日夜流連……

在很多年以後的某一天，蒼和往常一樣站在洛陽侯府的梅林裡。

天空下著雪，四周一片白茫，只有傲雪而開的寒梅爭然怒放。

蒼似乎被觸動了，伸手在身旁的梅樹上折了一枝梅花。

望著手中的梅花，一種他不能理解的感覺在心裡流動起來，那是一種已經遺忘了很久的感覺……

「朔風……如解意……」他殘破地，斷斷續續地念著。

「青王。」有人在不遠處說：「別過去了，那裡沒什麼可看的。」

「原來真有人在啊！」有一個聲音在說：「候爺，我就說我沒聽錯吧！」

拿著梅花的蒼慢慢轉身，慢慢望進了那雙深不見底的眼睛……蒼淡然地看著，平時總在混亂的思緒這一刻這麼清明，讓他自己也覺得吃驚。

這雙眼睛，在哪裡看過呢？

就算見過的……也忘了吧！真的忘了太多……

蒼緩緩走過這個人身邊，錯身時遞上了手裡的梅花。對方沒有接過，於是他鬆開手，任由梅花落到地上，摔碎了花瓣。

那人看著他的眼神，就像瞧著完全陌生的人。

「碎了……」蒼低低長長、隱隱約約地嘆了口氣。

也對！本就是不認識的，和這個人並不認識……

蒼嘴角輕輕揚起，轉身離去。

他的身後，鮮血順著那人垂放在身側的手指一滴滴滑了下來。鮮豔的紅色濺落地上，就如同在潔白無瑕的雪中盛開朵朵梅花……

——番外完

高寶書版集團
gobooks.com.tw

BL015

琉璃碎

作　　者　墨竹
繪　　者　mine
編　　輯　林紓平
校　　對　任芸慧
排　　版　彭立瑋

發 行 人　朱凱蕾
出　　版　英屬維京群島商高寶國際有限公司臺灣分公司
Global Group Holdings, Ltd.
地　　址　臺北市內湖區洲子街88號3樓
網　　址　www.gobooks.com.tw
電　　話　(02) 27992788
電　　郵　readers@gobooks.com.tw（讀者服務部）
pr@gobooks.com.tw（公關諮詢部）
傳　　真　出版部　(02) 27990909　行銷部 (02) 27993088
郵政劃撥　50404557
戶　　名　三日月書版股份有限公司
發　　行　三日月書版股份有限公司/Printed in Taiwan
初版日期　2019年2月

國家圖書館出版品預行編目(CIP)資料

琉璃碎 / 墨竹著.-- 初版. -- 臺北市：高寶國際,
2019.02-
冊；　公分. --

ISBN 978-986-361-633-7(平裝)

857.7　　107022612

三日月書版

三日月書版

GOBOOKS
& SITAK
GROUP©